Gullivers
Taschenbuch 704

Robert Leeson, geboren 1926 in Barnton, England, schreibt seit seinem 16. Lebensjahr für Zeitungen und Zeitschriften. Daneben verfaßte er zahlreiche Bücher für Kinder, Jugendliche und Erwachsene. Er ist verheiratet, hat zwei Kinder und lebt in Hertfordshire.

Robert Leeson

Es ist mein Leben!

Roman

Aus dem Englischen von
Lieselott Baustian

BELTZ
& Gelberg

Auf 100% chlorfrei gebleichtem Papier gedruckt

Gullivers (704)

Programm Beltz & Gelberg, Weinheim

Die Originalausgabe erschien u. d. T. *It's my Life* bei
William Collins Sons & Co. Ltd., England
Reihenlayout und Einband von Wolfgang Rudelius
unter Verwendung einer Illustration von Willi Glasauer
Gesamtherstellung Druckhaus Beltz, 6944 Hemsbach
Printed in Germany
ISBN 3 407 78704 9
1 2 3 4 5   96 95 94 93 92

1.

Als der Schulhof sich leerte, schob sich Pete Carey durch das Gedränge am Tor und blieb vor Jan stehen.
»Hast du Freitag schon was vor?«
Im ersten Augenblick brachte sie vor Überraschung kein Wort heraus, verzog das Gesicht und zuckte mit den Schultern.
»Im College ist eine Disco«, fuhr er fort.
Ihre Blicke trafen sich. Der Wind blies ihm den Schal über das Gesicht, und Jan dachte an Robert Redford.
Er fragte sie nicht, er befahl.
»Ich sag dir noch Bescheid.« Während Jan sprach, hörte sie ihre Freundin Sharon nach Luft schnappen. So ging man doch nicht mit Pete um! Doch die Worte waren raus, ehe sie es sich noch anders überlegen konnte. Sie biß die Zähne zusammen, damit sie nicht noch mehr sagte.
Einen kurzen Augenblick lang spürte sie Petes Überraschung und Ärger. Er verzog zwar keine Miene, aber sie sah, wie es in seinem vielbewunderten Gehirn arbeitete.
»Okay«, sagte er, drehte sich um und war verschwunden.
Nun standen nur noch ein paar Mädchen bei Sharon am Tor. Jan wollte schnell weg, doch Sharon hielt sie zurück.
»Wie schaffst du das nur?«
»Was denn?« fragte Jan und wollte sich vorbeidrücken.
»Tu doch nicht so. Du weißt genau, was ich meine.«
»Weiß ich nicht.«
Jan wollte ihre Freundin ein wenig veralbern, doch zu ihrem Erstaunen machte diese ein verstimmtes Gesicht.
»Ich hätte auf der Stelle ›ja‹ gesagt.«

»Ja, beste Sharon, du bist eben nicht ich, und das ist gut so.«
»Was willst du damit sagen?«
Jan schaute Sharon erstaunt an. Ihre plötzlich anders klingende Stimme verwirrte sie. Sie versuchte, mit einem Scherz darüber hinwegzugehen.
»Also, wenn du ich wärst, könnte ich wohl kaum mit dir auskommen, oder?«
»Ach, hör doch mit deinem Geschwafel auf«, sagte Sharon. »Warum hast du nicht klipp und klar ›ja‹ zu ihm gesagt?«
Weshalb ist sie auf einmal so bissig? dachte Jan. Als sie die Hand ausstreckte, um ihre Freundin am Arm zu berühren, sagte Tina Ellis, die das große Wort in der immer noch am Schultor herumstehenden Gruppe führte, halb zu ihren Freundinnen, halb in die Luft: »Einige Leute wissen eben nicht, was gespielt wird.«
Jan fuhr herum. »Und andere nicht einmal, wer mit ihnen spielt.«
Tina schwieg mit offenem Mund. Ihre Freundinnen kicherten. Sharons Gesicht wurde noch düsterer. Jan überlegte sich, weshalb sie immer so schnell mit ihren Antworten war. Sie meinte es nie böse, aber Sharon konnte das oft nicht verstehen.
Ihre Schlagfertigkeit hatte ihr einen Weg freigebahnt. Nur Sharon blieb im Tor stehen, als wollte sie Jan zum Bleiben zwingen. Jan ließ ihre Tasche von einer Hand in die andere fallen. Sie hob die Schultern, und aus dem Schulterzucken wurde ein Frösteln.
»Ich friere.« Sie machte ein paar Schritte nach vorn. Die anderen Mädchen traten zur Seite, aber Sharon stand noch immer wie angenagelt.
»Bis morgen, Sha–«
»Ich weiß, was du vorhast, Jan. Du willst dich bloß rar machen.«
»Ach, halt die Klappe.«

»Reizend.«
Das hatte gesessen. Nun hatte Sharon einen wirklichen Grund, sauer zu sein. Doch Jan war schon weiter, lief die Gorse Lane hinunter, geradewegs nach Hause.
»Tschüs!« rief sie, ohne sich umzudrehen.
Keine Antwort. Auch gut, dann war ihr eben nicht zu helfen. Sie würde morgen besonders nett zu ihr sein. Aber jetzt wollte sie nur weg und nachdenken und nicht reden.
Ihre Füße landeten in einer Pfütze und bespritzten ihre Strumpfhosen. Wie ein Jogger, ohne nach rechts und links zu sehen, war sie die Gorse Lane entlanggetrottet.
Sie blickte auf. Dort war die Grundschule. Ein paar Jungen lungerten auf der Straße herum und sprangen vor den Autos zur Seite. Ihr Bruder Kev war nicht dabei. Er mußte wohl schon zu Hause sein.
Sie hörte Stimmen. Bei Cartwright Electronics kamen Frauen aus dem Fabriktor geströmt. Mutter hatte sie einmal dorthin mitgenommen – eine große, glänzende Stahl- und Glashöhle mit sechshundert Frauen, die Schrauben in Schalter drehten, Schrauben in Stecker drehten, Dinge aufsammelten, Dinge hinlegten, schwatzten, kicherten, sangen und hinter dem Rücken des rosagesichtigen Kontrolleurs Grimassen schnitten, wenn er auf und ab stolzierte. Vor sechs Monaten war Mutter von der Produktion ins Personalbüro übergewechselt: Telefon und Schreibmaschine. Sie kam immer später nach Hause, immer gehetzt, immer im Streß.
Jan blieb stehen. Sollte sie warten? Vielleicht kam sie gleich, und dann könnten sie untergehakt nach Hause gehen und noch ein bißchen schwatzen, ehe Kev mit seinem Gequassel und Gemecker anfing.
Rechts vor ihr erhob sich drohend die Mauer des Altersheimes – hoch, schwarz und massig. Als sie vor Jahren noch in die Grundschule ging, hatte sie sich mit Mutter ein Spiel ausgedacht. Sie hatten sich an den Händen gefaßt und waren

an der Mauer vorbeigerannt, bevor sie einstürzen konnte. Sie merkte, daß sie schneller ging, fast lief. Sie holte tief Atem und verlangsamte ihren Schritt. Fast wäre sie an der Ecke vorbeigerannt, wo die Straße abbog, in der sie jetzt wohnten. Es war in der Nähe der Uferstraße – zwei Reihen hoher, schmaler, düsterer Häuser. Jan mochte die Straße nicht.

Sie blieb vor ihrem Haus stehen und suchte in der Tasche nach dem Schlüssel. Die Tür des Nachbarhauses stand auf, und das Licht des Fernsehers flackerte von der Küche auf den Flur hinaus. Sie hörte Kev gellend lachen. Also war Mutter noch nicht da. Sie hätte ihn sonst sofort dort rausgeholt.

Sie ging in das kleine Vorderzimmer. Vom Fenster aus konnte sie die Ecke zur Gorse Lane sehen. Keine Spur von Mutter. Die Uhr aus künstlichem Marmor auf dem Kaminsims schlug halb. Mutter mußte wieder lange arbeiten. Es war schwer, sie einmal für sich zu haben. Morgens war sie besetzt: Frühstück machen, den Vater in Gang bringen, Kev in Gang bringen. Jan sorgte für sich selber.

Abends redeten Vater und Mutter in irgendeiner Ecke leise über Geld. Sie ging dann hinauf in ihr Zimmer und holte ihre Bücher hervor.

Jetzt schlenderte sie hinüber in die Küche und setzte den Kessel auf. Wenn Mutter gleich käme, könnten sie bei einer Tasse Tee gemütlich miteinander reden. Ruhelos lief sie wieder ins vordere Zimmer zurück. Sie nahm sich eine Banane aus der Schale auf dem Regal, pellte sie ab und stopfte sie sich langsam in den Mund. Dann schlurfte sie mit ihrer Tasche nach oben. Im Geist hörte sie Sharons Stimme: »Das ist nicht fair. Du kannst essen, was du willst, und nimmst nicht zu.«

In ihrem Zimmer begann sie, sich auszuziehen. Der Spiegel auf der Frisierkommode zog ihren Blick an. Sharon hatte recht. Nichts, überhaupt nichts ließ sie zunehmen. Sie betrachtete sich kritisch. Mutter war mollig und hübsch, mit einer Stupsnase und kastanienbraunem Haar. Vater war lang, dünn und blond, mit einer auffallenden Hakennase. Sie hatte von beiden etwas mitbekommen – aber jeweils das Falsche. Vom Vater das lange Dünne und die große Nase, von Mutter die schweren Brüste (was ihr nicht recht war) und das Haar, aber nicht ganz, es war eher karottenrot als kastanienbraun.

Sie starrte in den Spiegel.

»Rotköpfiger Windhund!« hatte der Junge von oben vor einigen Jahren zu ihr gesagt, als sie noch in der Siedlung wohnten. Sie hatte ihm einen Finger ins Auge gebohrt. Das brachte ihn zum Schweigen und seine Eltern herbei. Großer Aufstand. Vater war wütend geworden, doch die Mutter nahm es nicht so tragisch.

Eine Gänsehaut lief ihr über den Körper. Sie zog schnell einen Pullover und Jeans an und ging hinunter. Das Haus war noch immer leer. Dampfschwaden kamen aus der Küche. Sie stürzte hinein und nahm den Kessel vom Herd. Während sie den Tee aufgoß – Mutter mußte jeden Augenblick kommen –, machte sie den Kühlschrank auf, denn sie hatte Lust auf eine Scheibe Wurst. Die Fächer waren voll – Fleisch, Käse, Milch –, viel voller als sonst um diese Zeit in der Woche. Mutter hatte Vorräte eingekauft. Merkwürdig, sie, die das Geld so vorsichtig ausgab, immer am Zählen und Rechnen war.

Mit einem Krach schlug die Haustür an die Wand.

»Wo ist Mama?« Kev stolperte in die Küche, blieb stehen und zog die Nase kraus. Sein rundes Gesicht war mit Schokolade verschmiert.

»Ach, du bist es«, sagte er.

»Pech gehabt.«

»Wo ist Mama?«

»In meiner Hosentasche nicht.«

»Wozu ist denn der Tee?«

»Nicht für dich. Du hast dich ja nebenan schon vollgestopft. Was ist los? Sind die Kekse ausgegangen?«
Kev streckte ihr die Zunge heraus und lief ins Wohnzimmer. Sie setzte sich auf den Küchenstuhl und goß sich eine Tasse Tee ein. Wenn Mutter nicht bald kam, würde er nicht mehr schmecken. Die Uhr über dem Herd zeigte halb sechs. Vater mußte gleich hier sein. Keine Chance mehr für ein paar Worte allein mit Mama. Sollte sie aber doch bald kommen, würde sie ihr bei der Zubereitung des Abendessens helfen und die Küchentür fest zumachen, damit der Fettmops draußen blieb.
Was wollte sie ihr eigentlich erzählen? Natürlich wollte sie über Pete sprechen und hören, wie sie darüber dachte. Mutter sagte immer ihre Meinung. Das war zwar manchmal unangenehm, aber oft war es auch so, als hörte sie ihren eigenen Gedanken zu.
Jetzt hatte sie es – sie würde beim Tischdecken davon anfangen. Zuerst aber fragen, wie es im Büro gelaufen war. Das hob die Stimmung, und dann konnten sie ein bißchen tratschen, lachen und unbefangen darüber reden.
»Weißt du, Mama, da ist ein Junge bei mir in der Schule, in der Sechsten … Ich habe dir von ihm schon erzählt …«
»Erste Anzeichen von Verrücktheit, wenn man mit sich selber redet.« Kev stand in der Küchentür und beobachtete sie.
Sie stürzte sich auf ihn. »Halt die Klappe, oder du wirst dein blaues Wunder erleben!«
Mit aufgerissenen Augen wich er zurück.
»Was hast du denn?« fragte er verschüchtert.
»Warum siehst du nicht fern?«
»Ach, da sind bloß Nachrichten.«
»Die was? Wie spät ist es denn?« Sie schaute wieder auf die Uhr.
»Wo ist Mutter?« Seine Stimme klang jetzt weinerlich.

»Weiß ich nicht.«
»Und wann gibt es was zu essen?«
»Weiß ich auch nicht. Mach dir ein paar Bohnen warm.«
»Mama sagt, ich soll keine Dosen aufmachen.«
Sie versuchte, ihren Ärger zu zügeln, ging zum Schrank und kippte eine Dose Bohnen in einen Kochtopf und stellte ihn auf den Herd. Wo war Mutter? Hatte sie sich mit Vater irgendwo verabredet? Aber sie hatten kein Sterbenswörtchen davon gesagt.
»Paß auf die Bohnen auf, und rühr ab und zu mal um«, sagte sie zu Kevin, ehe sie hinaus auf den Flur trat. Sie nahm den Hörer ab und wählte die Dienstnummer ihrer Mutter. Am anderen Ende klingelte es endlos.
Als sie gerade auflegen wollte, meldete sich eine Männerstimme: »Cartwright Electronics.«
»Das Personalbüro, bitte.«
»Am Apparat. Unsere Telefonzentrale schließt um fünf.«
»Kann ich Mrs. Whitfield sprechen?«
»Mrs. Whitfield?« Die Stimme des jungen Mannes wurde unsicher.
»Ja, Mrs. Whitfield. Sie arbeitet dort. Ich bin ihre Tochter.«
»Oh«, sagte er zögernd. »Das tut mir leid, das wird nicht gehen. Sie ist heute nicht hier gewesen.«

2.

Sie stand mit dem Hörer in der Hand auf dem dunklen Flur. Der Mann am anderen Ende hatte aufgelegt. Sie zog die Stirn kraus. Was konnte mit Mutter nur los sein?
Aus der Küche kam ein brenzliger Geruch. Sie warf den Hörer auf die Gabel und rannte hinein. Kev saß zusammengekauert auf einem Stuhl neben der Tür, während blauer Rauch vom Herd aufstieg.
»Kannst du denn nicht riechen?«
»Mama hat gesagt, ich darf den Herd nicht anfassen.«
»So wörtlich meint sie das doch nicht, das weißt du ganz genau. Aber es ist ja schließlich dein Abendessen.« Damit kippte sie die schwarze Masse auf seinen Teller. »Hier.«
»Pfui Teufel! So was mag ich nicht. Das kannst du selber essen«, maulte er.
Als sie auf ihn losgehen wollte, schob er sich um den Tisch herum und nörgelte: »Wann kommt Mama endlich nach Haus?«
»Weiß ich doch nicht.«
»Kein Grund zum Brüllen.«
Er verschwand aus der Küche, und einen Augenblick später hörte sie den Fernseher angehen. Sie hob die Teekanne hoch. Der Tee war kalt. Sie leerte den Teller mit den Bohnen in den Abfalleimer und stapelte die Teller und Tassen im Ausguß auf. Dann ging sie aus der Küche und lief polternd die Treppe hinauf. Warum hatte Mutter nicht gesagt, daß sie noch was vorhatte? Warum wurde ihr immer diese Plage von einem Bruder aufgebürdet?
Als sie in ihrem Zimmer die Tasche ausgepackt hatte, nahm

sie das Erdkundebuch hinüber zu ihrem Lieblingsplatz – dem Korbstuhl am Fenster. Sie schlug das Buch auf, wo sie am Abend vorher das Lesezeichen hineingelegt hatte. Doch statt den Faden wieder aufzunehmen, starrte sie auf die Seite, ohne die Wörter zu erkennen. Ihre Gedanken wanderten zu Pete. Warum hatte er sie gefragt? Sharon sah besser aus. Und warum hatte sie ihn abfahren lassen? Wollte sie sich wirklich nur rar machen? Sharons Worte auf dem Schulhof fielen ihr wieder ein. Einen Augenblick lang ärgerte sie sich, dann mußte sie über sich lächeln. Sie streckte die Beine aus und schob die Brust vor. Jan ist nun mal ein ziemlich rares Exemplar.

Was wollte Pete von ihr? Er ging in die Sechste, machte dieses Jahr sein A-Examen, während sie noch ihre O-Prüfung vor sich hatte. Er war fast zwei Jahre älter. Aber weshalb hatte sie nicht ja gesagt? Hatte sie Zeit gewinnen wollen, um sich in Ruhe zu entscheiden? Komischerweise war sie damit durchgekommen. Vielleicht hatte das Sharon so geärgert.

Der Krach des Fernsehers im Wohnzimmer schwoll an und verstummte dann plötzlich, als die Haustür geöffnet wurde. Jan lief hinaus zur Treppe und horchte.

»Wo ist deine Mutter, Kevin?«

Vater und Sohn standen im Gang unter der Treppe. Vater war wie gewöhnlich mit Lehrbüchern und Aktendeckeln beladen, und sein Gesicht sah im Flurlicht abgespannt aus.

»Papa, ich habe kein Abendessen gekriegt. Jan wollte mir angebrannte Bohnen geben.«

»Du mieser Petzer«, rief sie die Treppe hinunter.

Ihr Vater blickte erstaunt auf ihr zerrauftes Haar und das böse Gesicht.

»Ist eure Mutter nicht zu Hause, Jan?«

»Nein – ich ...« begann sie.

Vater runzelte die Stirn. »Du gehst jetzt in dein Zimmer und ziehst dein Schulzeug aus«, sagte er zu Kevin. Dann ging er

langsam in die Küche. Jan folgte ihm. Er starrte auf das schmutzige Geschirr im Ausguß.
»Ich dachte, es würde jetzt Abendbrot geben«, murmelte er.
»Ich mache dir eine Tasse Tee.«
»Nein, ich brauche was zu essen. Ich habe heute Mittag nichts gehabt.«
»Soll ich dir Rühreier mit Schinken machen?«
Er verzog das Gesicht. »Habt ihr nichts mehr zum Aufwärmen?«
Sie riß die Kühlschranktür auf. »Er ist voll, Papa. Mutter hat groß eingekauft, aber zum Warmmachen ist nichts da. Ich habe gedacht, daß ihr beiden irgendwohin gegangen wärt.«
»Nein. Sie wird wohl wieder Überstunden machen. Sie lebt ja schon in dieser verdammten Firma.«
Jans Augen wurden immer größer. »Bestimmt nicht, Papa. Sie ist heute gar nicht dort gewesen. Ich dachte, sie hätte ...«
»Woher weißt du das?«
»Ich habe angerufen.«
»Was hast du?«
»Ich habe in der Fabrik angerufen«, antwortete sie zögernd, »weil ich herausbekommen wollte ...« Ihre Stimme brach zitternd ab.
»Das hättest du besser nicht getan.«
»Warum nicht, Papa?«
»Weil es die da nichts angeht«, sagte er laut.
»Das verstehe ich nicht.«
»Ach, vergiß es. Setz den Kessel auf, Jan. Ich mache mir jetzt ein paar Brote.«
Vorsichtig gingen sie sich in der winzigen Küche aus dem Weg.
Als sie sich nach ein paar Minuten an den Tisch setzten, sagte Jan leise: »Papa, ist es nicht ein bißchen komisch?«
»Was soll komisch sein?«
»Ich meine, daß Mutter nicht hier ist, wo es doch schon fast

sieben ist, ohne dir etwas zu sagen, und daß sie auch nicht zur Arbeit gegangen ist.«
Er sah sie unsicher an. »Ich weiß nicht, sie hat vielleicht einen Termin beim Zahnarzt gehabt oder so.«
»Nein, bestimmt nicht, Papa. Dann hätte sie einen Zettel hingelegt. Das tut sie immer, wenn so was ist. Du glaubst doch nicht, Papa, daß ihr etwas passiert ist?«
»Was? Nein, nein, beruhige dich. Was soll ihr denn schon passiert sein?« Die letzten Worte klangen beruhigend.
Während Jans Vater aß, schwieg sie eine Weile, dann sagte sie: »Papa, könnte sie nicht zu den Großeltern gefahren sein?«
Er schüttelte den Kopf. »Nein, wenn sie nach Warby gefahren wäre, wüßte ich es.«
»Ich meine nicht Oma und Opa Warby. Ich habe an die Großeltern Madsen gedacht.«
«Da ist sie schon jahrelang nicht mehr gewesen. Weshalb sollte sie ausgerechnet heute hingefahren sein?«
»Vielleicht ist jemand krank.«
»Das hätten sie ihr, glaube ich, nicht gesagt.«
Jan nippte an ihrem Tee. »Eigentlich komisch, Papa. Schließlich sind es doch ihre Eltern.«
Er hob sein Gesicht vom Teller und sagte: »Du weißt doch, daß deine Mutter einmal gesagt hat: ›Ich bin ein freiwilliges Waisenkind.‹«
»Das kann ich einfach nicht kapieren«, erwiderte sie. »Sich so ganz von seinen eigenen Eltern loszusagen.«
»Sie haben sie nie gewollt«, sagte er kopfschüttelnd. »Aber das sind Dinge, die du nicht kennst, Jan. Wir sind eine Familie, und wir halten zusammen.« Seine Stimme klang fest und entschlossen. »Deshalb war ich auch ein bißchen ärgerlich, daß du wegen Mutter im Werk angerufen hast. Wir sollten unsere Familienangelegenheiten nicht an die große Glocke hängen. Das regeln wir schon alles unter uns. Je

weniger die Leute wissen, desto besser.« Er stand auf. »Schaffst du hier Ordnung, Jan? Ich muß noch ein wenig arbeiten.«
Als er aus der Küche war, ging sie zum Ausguß. Sie hatte den Abwasch halb fertig, da klingelte das Telefon. Sie ließ eine Tasse fallen, deren Henkel abbrach, und lief auf den Flur. Aber Vater war schon da.
Falsch verbunden.
Jan machte die Küche fertig und stieg dann langsam die Treppe wieder hinauf. Die wenigen Möbel in ihrem Zimmer waren im grauen Dämmerlicht kaum zu erkennen. Ihre Bücher leuchteten blaß auf der Bettdecke. Als sie Licht machte, sprang die Dunkelheit draußen hoch und umlagerte das Fenster. Sie konzentrierte sich, las ein paar Absätze und machte Notizen. Dann klappte sie das Buch zu. Sie hörte Stimmen. Vater stand oben an der Treppe und redete durch die offene Tür auf Kev ein: »Räum dieses Durcheinander auf, und dann wasch dich, Junge.«
Jan sah auf die Uhr. Es war gleich acht. Sie hörte Kevin nörgeln: »Ich bin hungrig, Papa. Ich hab kein Abendbrot gehabt, und Jan ...«
»Schluß damit! Du ziehst dich jetzt aus und wäschst dich. Dann bringe ich dir eine Schnitte.«
»Okay. Papa, wann kommt Mama nach Haus?«
»Später.«
»Wann ist später?«
»Wenn du schläfst.«
»Kommt sie noch zu mir rein?«
»Mein Gott – ja, Kev. Aber nun mach dich endlich fertig fürs Bett.«
Jan ging mit ihrem Vater in die Küche. »Ich dachte, du weißt nicht, wo Mama ist.«
»Weiß ich auch nicht.«
»Weshalb hast du dann Kev erzählt, daß sie später kommt?«

»Was hätte ich ihm denn sagen sollen? Er hätte sonst doch nur angefangen zu quengeln.«
»Aber wo kann sie denn bloß sein?«
Mit dem Brotmesser in der Hand saß er da, schweigend. Einen Augenblick dachte sie, er würde sie anschreien. Aber er senkte das Messer und sagte ganz ruhig: »Ich weiß es nicht, Jan. Ich weiß es wirklich nicht.«
Bei diesen Worten lief es ihr kalt über den Rücken.
»Papa, wenn ihr nun doch etwas passiert ist? Stell dir vor, sie ist überfahren worden.«
Er schluckte. »Unsinn, Jan. Dann hätten wir schon etwas gehört. Schlechte Nachrichten verbreiten sich schnell. Sicher wollte sie etwas besorgen und ist dabei aufgehalten worden.«
»Dann hätte sie angerufen.«
»Ja, aber vielleicht ging es nicht. Du weißt doch, die Hälfte aller Telefonzellen ist kaputt. Vielleicht hatte sie auch kein Kleingeld.«
»Das paßt nicht zu Mama.«
»Ach, Jan, hör jetzt auf!« Auf einmal war er wieder gereizt. Er nahm die Schnitte, die er für Kev gemacht hatte, und ging aus der Küche. Sie wollte den Kessel wieder aufsetzen, überlegte es sich aber anders. Beim Gedanken an eine weitere Tasse Tee streikte ihr Magen. Über sich hörte sie es schreien und poltern. Vater und Kev machten eine Kissenschlacht. Wie zwei kleine Jungen tobten sie im Zimmer herum. Ein paar Minuten später war es still. Sie hörte Türen gehen, aber Vater kam nicht herunter.
Schweigend vergingen einige Minuten. Sie lief wieder hinauf. Oben blieb sie stehen. Die Tür zum Schlafzimmer ihrer Eltern stand offen. Sie konnte das Bett sehen und dahinter am Fenster den kleinen, überladenen Schreibtisch, an dem Vater abends lernte.
»Papa!« rief sie durch die Tür.
»Ja, Jan?«

»Ob die alte Mrs. Elsom von nebenan etwas weiß?«
»Dann hätte sie es uns schon gesagt.«
»Oder die Frau auf der anderen Seite, wie heißt sie doch noch?«
»Nie und nimmer hätte deine Mutter der etwas gesagt.«
»Sollten wir nicht doch lieber fragen?«

3.

Sie ging in ihr Zimmer zurück und setzte sich in den Korbsessel. Sie nahm ihre Bücher aber nicht wieder vor, sondern starrte aus dem Fenster und ließ die Zeit verstreichen. Draußen war es ruhig, und sie hörte eine ferne Kirchenuhr schlagen. Sie zählte neun Schläge.

Ein merkwürdiges Geräusch aus dem Nebenzimmer ließ sie aufhorchen. Sie hörte die Kleiderschranktür quietschen und Kleider rascheln, als ob dort jemand einen Koffer packte. Sie stand auf und stellte sich an die Schlafzimmertür ihrer Eltern. Vater nahm die Garderobe von Mutter aus dem Schrank – Mäntel, Kleider, Blusen, Jacken – und legte alles Stück für Stück aufs Bett. Zuerst langsam, dann schneller und schneller, wild übereinandergehäuft.

Plötzlich drehte er sich um und sah ihre Augen auf sich gerichtet. Einen Augenblick schauten sie sich schweigend an.

»Jan, ich gehe jetzt zur Polizei«, sagte er dann.

»Zur Polizei?« Ihr Magen fühlte sich plötzlich an wie ein Eisklumpen. Vater mühte sich ab, alle Kleidungsstücke wieder ordentlich in den Schrank zu hängen. Schließlich schob und stopfte er sie einfach hinein. Sie nahm sie ihm aus der Hand, schüttelte sie einzeln aus, strich sie glatt und hängte die Bügel über die Querstange. Obwohl es gar nicht so viele waren, füllten sie den engen Raum aus. Als sie sich in den Schrank hineinbeugte, um die Kleider zurechtzurücken, stieg Mutters vertrauter Geruch aus ihnen auf. Die Kälte wanderte vom Magen in ihre Brust hinauf.

»Es ist alles da, Jan. Nur was sie zur Arbeit anhat, fehlt. Sie muß also wie immer ins Büro gegangen sein.«

Seine Stimme klang jetzt viel sanfter und ängstlich. Die Gereiztheit hatte der Besorgnis Platz gemacht. Sie blickte in das vom schwachen Licht kaum beleuchtete Gesicht ihres Vaters. Es war ruhig, aber da war auch die vertraute Falte zwischen den Augen, die sich immer zeigte, wenn er über seinen Lehrbüchern brütete. Doch sie spürte, wie stark er sich zusammennahm.

»Es dauert sicher nicht lange«, sagte er, als er sich umdrehte und seinen Mantel nahm, den er über den Stuhl geworfen hatte.

Als er an ihr vorbeigehen wollte, hielt sie ihn fest. »Papa, ich komme mit.«

»Nein«, sagte er kopfschüttelnd, »jemand muß bei Kev bleiben.«

»Der schläft wie ein Murmeltier. Da könntest du sogar mit einem Lastwagen durch sein Zimmer fahren, und er würde nicht wach.«

Er zögerte noch, doch da kam sie schon aus ihrem Zimmer heraus und zog sich im Gehen die Jacke an.

»Wenn Mutter nun aber nach Hause kommt, und wir sind nicht da, Jan?«

»Wir legen ihr einen Zettel hin, daß wir nur kurz mal um die Ecke gegangen sind. Komm schon.« Sie war überrascht über die Schärfe in ihrer Stimme. Oder war es die Überraschung darüber, wie Vater sich verhielt – unsicher, fast verwirrt?

Er zog den Mantel über und holte Jan auf der Treppe ein. Seine Lippen bewegten sich leicht, als spräche er mit sich selber. Mühsam schien er sich vorwärtszubewegen. Jan lief voraus.

»Mach nicht solchen Krach, Jan.«

Sie hörte ihn nicht. Das Auto, ein alter grauer Minor, stand nur wenige Schritte von der Haustür entfernt. Das Lampenlicht fiel auf den Kotflügel mit dem Fahrschul-Aufkleber. Mutter nahm gerade Fahrunterricht.

Vater schaute die Straße hinauf und hinunter, dann öffnete er die Tür und ließ Jan einsteigen. »Die Leute denken sicher, ich fahre jetzt mit dir zum Üben hinaus«, murmelte er beim Anlassen des Wagens.
»Ist es nicht ganz egal, was sie denken?« wollte sie fragen, verschluckte es aber lieber. Der Wagen sprang an, ruckte heftig, blieb stehen, sprang wieder an und bewegte sich endlich vorwärts. Vaters Hände umklammerten das Steuerrad. Er war ein vorsichtiger Fahrer, aber an diesem Abend trieb er sein altes Auto hart an. Die Kurven nahm er so scharf, daß Jan gegen die Tür flog.
Sie schnappte nach Luft und starrte ihn erschrocken an.
»Tut mir leid.«
Er fuhr langsamer. Bis zur Polizeiwache in der Hauptstraße sprachen sie kein Wort. Beim Aussteigen schaute Vater sich wieder um, dann ging er vor ihr die Steinstufen hinauf, die in das nach Alter und Desinfektionsmittel riechende Gebäude führten.
An einem Schreibtisch saß ein dicker, weißhaariger Wachtmeister mit offenem Kragen. Hinter ihm lungerten ein paar Männer mit Teetassen in den Händen herum, einige in Uniform, andere in Zivil. Sie unterbrachen ihre Unterhaltung für die Dauer einer kurzen, gleichgültigen Inspektion von Jan und ihrem Vater und redeten dann weiter, als seien die beiden nicht da.
Zuerst konnte man Vater kaum verstehen, so daß der Wachtmeister ihn aufforderte, lauter zu reden. Die anderen unterbrachen wieder ihr Gespräch und schauten herüber. Ein junger Polizist musterte Jan über seine Teetasse hinweg mit freundlicher Unverschämtheit. Sie blickte eine Sekunde zu ihm hinüber, schaute dann aber mit Absicht zur Seite. Als die Unterhaltung nach einer Weile wieder begann, trat sie näher an den Schreibtisch heran, um zu hören, was ihr Vater sagte. Der Wachtmeister schaute von seinem Schreibblock auf und

kratzte sich mit dem Ende seines Kugelschreibers die Nase.
»Wie alt ist Ihre Frau, Mr. Whitfield?«
»Wie bitte?«
»Ihre Frau, wie alt ist sie?«
Sie fühlte, wie sich Vater innerlich sträubte.
»Was hat das damit zu tun, daß sie nicht nach Hause gekommen ist?«
Der Wachtmeister zuckte mit den breiten Schultern unter dem blauen Uniformtuch. Sein Gesicht, das als purpurrote Fleischpyramide auf einem großen Doppelkinn über dem offenen Kragen ruhte, legte sich in resignierte Falten.
»Die Situation ist so: Ist sie unter achtzehn, können wir Nachforschungen anstellen. Ist sie es nicht, können wir nichts unternehmen.«
»Was? Wieso?«
Der Wachtmeister holte langsam und geräuschvoll Luft. »Die meisten Leute, die verschwinden, wollen nicht zurückkommen. Und wir können sie nicht dazu zwingen. Wenn sie aber zurückkommen wollen, dann tauchen sie eines Tages von selbst wieder auf.«
»Das heißt, Sie werden überhaupt nichts unternehmen?«
»Im letzten Jahr sind über sechstausend Personen als vermißt gemeldet worden – und das sind nur die Fälle, die man uns mitgeteilt hat. Wir haben einfach nicht genug Leute, um hinter allen herzujagen.«
»Heute abend scheinen Sie hier aber mehr als genug Leute zu haben.«
Jan blickte ihren Vater nervös an. Eine Wut, die sie an ihm nicht kannte, ja sogar Arroganz klang aus seiner Stimme, was der Wachtmeister aber anscheinend nicht merkte.
»Ach, das ist nur jetzt so. Später, wenn Sie schlafen wie die meisten anständigen Leute, haben wir Hochbetrieb. Die Leute, mit denen wir es meistens zu tun bekommen, haben eine andere Arbeitszeit als Sie – ausgenommen Demonstran-

ten und Streikposten natürlich, die ihren Job im hellen Tageslicht ausüben.«
»Und dann sind Sie schnell genug...« sagte Vater scharf, worauf der Wachtmeister wieder dienstlich wurde.
»Mr. – Whitfield, haben Sie Grund anzunehmen, daß Ihre Frau sich in Gefahr befindet?«
»Das weiß ich nicht. Wenn ich es wüßte, würde ich nicht hier meine Zeit verschwenden.«
Die buschigen, weißen Augenbrauen gingen leicht in die Höhe. »Ich meine, ist Ihre Frau krank, neigt sie zu Schwächeanfällen, ist sie Epileptikerin, Diabetikerin oder so etwas? Redet sie irre, wandert sie ziellos umher?«
»Nein, nichts dergleichen.«
»Sehen Sie, wenn das der Fall wäre ...« Die blassen Augen wanderten abwägend über Jans Vater, musterten Gesicht und Kleidung und wandten sich dann langsam Jan zu. »Haben Sie Telefon?« fragte er und kritzelte auf seinem Block herum. »Wir werden bei den Krankenhäusern nachfragen. Sobald wir etwas erfahren, benachrichtigen wir Sie. Machen Sie sich aber nicht zu viele Sorgen. Wahrscheinlich ist es etwas ganz Harmloses, sagen wir lieber Unvorhergesehenes. Gehen Sie jetzt schnell nach Haus. Vermutlich ist sie schon da. Vielleicht ist sie ...« Die Purpurbacken legten sich nun in vergnügte Falten, als wollte der Wachtmeister einen Witz machen. Doch als seine Augen Vaters Blick begegneten, war es mit der Witzelei vorbei. Er schob seinen Schreibblock auf die eine Seite seines Schreibtisches und legte den Kugelschreiber daneben. »Gute Nacht, Mr. Whitfield.«
Als Vater den Wagen draußen anließ und vom Rinnstein wegsteuerte, knurrte er vor sich hin: »Verdammter Idiot, meine Zeit so zu vergeuden ...«
»Papa, das mußten wir tun«, sagte Jan und holte tief Luft, um ihr inneres Gleichgewicht wiederzufinden. Sie legte die Hand auf seinen Arm. »Laß uns schnell nach Hause fahren. Wenn

sie inzwischen gekommen ist, wird sie sich Sorgen machen. Was wollen wir ihr überhaupt sagen? Sie findet es bestimmt schwachsinnig, wenn sie herausbekommt, daß wir ihretwegen bei der Polizei gewesen sind.«

Als der Wagen vor ihrem Haus hielt, stand Vater als erster vor der Haustür, obwohl sie es näher gehabt hatte. Die Tür schlug gegen die Wand. Das Echo hallte durch den Flur. Mutter war nicht da, das wußte Jan sofort.

Sie kam diese Nacht nicht nach Hause, nicht die nächste und auch nicht die übernächste ...

4.

Am nächsten Morgen wachte Jan mit einem Elendsgefühl auf, das sie nicht beschreiben konnte. Als sie sich dann aus dem Bett gequält hatte, wurde sie durch die Totenstille in dem leeren Haus wieder an das erinnert, was vorgefallen war. Auf dem Küchentisch lag ein Zettel: »Habe Kev zur Schule gebracht. Ihm gesagt, daß Mutter eine Zeitlang verreist ist. Kannst du hier sein, wenn er am Nachmittag aus der Schule kommt, und Brot besorgen?«

Mutter ist »verreist«. Das stimmte. Sie war nicht da. Jan fuhr in die Kleider, stopfte ihre Bücher in die Tasche und schleppte sich die lange Gorse Lane entlang zur Schule. Sie war spät dran. Vater hatte vergessen, sie zu wecken, oder er hatte sie einfach weiterschlafen lassen. Sie wußte nicht was, und es war ihr auch egal.

Am Abend konnte sie sich kaum an etwas erinnern, was an diesem ersten Tag geschehen war. Ihr fielen nur kleine Ereignisse wieder ein wie einzelne Bilder aus einer Fernsehserie: Sharon und sie standen sich plötzlich vor der Klassentür gegenüber, starrten sich an und gingen aneinander vorbei. Aber wer hatte nun nicht mit wem gesprochen? Als ein anderes Mädchen, mit dem Jan nicht so eng befreundet war, freundlich auf sie zukam, fertigte sie es mit einer kurzen, dummen Antwort ab. Sie nahm an, daß das Mädchen sich nach Pete erkundigen wollte, sie selber dachte aber immer nur an Mutter. Und später fiel ihr ein, daß sie noch zu einer anderen gesagt hatte, sie solle ihren Mund halten und sie in Ruhe lassen. Das Gesicht mit den großen, verletzt blickenden Augen sah sie abends plötzlich wieder vor sich.

Verletzen und verletzt werden.
Sie sah Pete mit seinen Freunden vor dem Gebäude der Sechsten stehen. Weil sie dachte, er würde auf sie zukommen, mischte sie sich schnell unter das große Gewühl und versteckte sich hinter einer Mädchengruppe aus der Fünften.
Am nächsten Tag, als sie über ihr Pult gebeugt saß, sah sie auf einmal Miss Maudesleys Gesicht vor sich. Die besorgten Augen hinter dicken Brillengläsern rückten dicht an ihre heran, und dann stellte die Klassenlehrerin eine Frage, die sie zwar nicht richtig verstanden hatte, aber trotzdem beantwortete: »Nein, mir geht es gut. Vielen Dank.«
Sie mußte wohl ziemlich laut gesprochen haben. Einige Klassenkameradinnen drehten sich um und schauten zu ihr herüber. Miss Maudesley entfernte sich, als sei sie beleidigt. Jan spürte, daß sie nun eigentlich etwas sagen mußte, um die Dinge richtigzustellen. Aber die Trägheit in ihr hielt sie davon ab.
Nur mit großer Willensanstrengung brachte sie sich von einem Tag zum anderen, und jedes Wort, das sie mit jemandem wechseln mußte, war ihr eine Last.
Sie war in einen Tunnel geraten, dessen Ende nicht zu sehen war. Und auch der Blick nach links und rechts war verstellt – Schule, Haus, Läden, Küche, Treppe, Schlafzimmer, Bücher, Arbeit, Schlaf. So schleppte sie sich von Tag zu Tag, von Platz zu Platz, ohne nachher zu wissen, wie sie die einzelnen Punkte des vertrauten Kreises erreicht hatte. Sie sah Leute, nahm sie aber nicht wahr, sprach mit ihnen und hörte nicht, was sie sagten. Nichts war wirklich, und sie spürte nichts, außer dem dumpfen Schmerz tief in ihr.
Am vierten Tag stand sie am späten Nachmittag in einer Gruppe von Frauen aus der Fabrik, die im Supermarkt noch einige Kleinigkeiten einkauften. Die Kassiererin war dünn und spitznasig, hatte porzellanblaue Augen und eine Frisur wie Mrs. Thatcher. Wenn der Supermarkt alle sechs Monate

seinen Besitzer wechselte, wechselte sie nur ihren Kittel – von hellgrün zu dunkelblau oder rotweißgestreift. Sie war immer da, legte den Kopf schief wie ein Spatz, frotzelte mit dem rundlichen Manager und scherzte mit den Kunden. Sie kannte jeden und wußte über alles Bescheid.

»Habe deine Mutter lange nicht gesehen. Geht es ihr nicht gut?«

Jan blickte sie an, ohne sie zu sehen, nahm ihre Tasche und ging hinaus. Abends, wenn sie nach Hause kam, holte sie Kevin bei der Nachbarin ab. An der Frau mit dem hübschen, breiten Gesicht, dem hochgesteckten Haar und dem tiefen Ausschnitt sah sie vorbei. Sie blickte nur in die unaufgeräumte Küche, wo der Fernseher lief und Schwaden von Zigarettenrauch umherzogen, und rief Kev, der zwischen den beiden Söhnen saß und Schokolade in sich hineinstopfte.

»Ist eure Mutter krank?«

»Verreist.«

»Wenn ich etwas für euch einkaufen soll, brauchst du ...«

»Vielen Dank, es geht schon. Wir kommen klar. Kev, kommst du jetzt?«

Sie wußte nicht, weshalb sie ihren Bruder dort wegschleppte. Sie wußte nicht einmal, weshalb sie nach Hause eilte, nur um ihm Abendbrot zu machen. Aber sie tat es, und Kev mußte ihr trotz seiner bösen Blicke und seines Murrens folgen. Und sie sorgte dafür, daß er sich auszog und jeden Abend rechtzeitig ins Bett ging. Mutter war eine kurze Zeit »verreist«, aber alles lief weiter, als sei sie da. Wenn ihr Vater über seinen Lehrbüchern saß, stellte sie ihm immer wieder eine neue Tasse Tee hin. Er trank ihn nicht. Und in seine Bücher sah er auch nicht. Er starrte aus dem Fenster. Und sie ging in ihr Zimmer, nahm ihre Bücher vor und starrte auf die dunkle Straße.

Als sie am Sonnabend aus dem Haus trat, rief jemand ihren Namen. Es war der kleine alte Mr. Elsom von nebenan. Als pensionierter Eisenbahner trug er noch immer die schäbig gewordene schwarze Weste und ein kragenloses Flanellhemd. Sein sorgenvolles Gesicht war von Wind und Wetter gegerbt, und wenn man dicht neben ihm stand, roch man den Altmännerschweiß in seinen Kleidern.

Er faßte sie am Ärmel. »Hab deine Mutter schon lange nicht mehr gesehen. Um diese Jahreszeit bringe ich ihr immer Kartoffeln. Edie und ich, wir haben doch so viele. Man muß anderen Menschen helfen, sage ich immer. Weiß man denn, wann man selber Hilfe braucht?«

Hilfe, wieso? Sie meinte, in seinen Augen ein neugieriges Leuchten zu sehen.

»Nein, vielen Dank, wir kommen zurecht.«

Das Bild seines beleidigten Gesichts gesellte sich zu der Sammlung in ihrem Kopf – Sharon, Miss Maudesley, verschiedene Klassenkameradinnen, die Kassiererin vom Supermarkt, die Frau von nebenan. Verletzte Mienen, hochgezogene Augenbrauen, halboffene Münder. Manchmal, wenn sie schlief, kamen diese Gesichter und stellten sich um sie herum, sagten nichts, starrten sie nur an, bis sie verzweifelt aufwachte.

Als die Tage vergingen, merkte sie, daß die gesamte Last des Haushalts auf sie übergegangen war. Vater tat nichts, ging nur zu seinem Kursus, aß ein bißchen, wenn er nach Hause kam, und ließ Tassen mit Tee kalt werden. Er ließ die Tage einfach verstreichen, wurde immer stiller, zuckte nur zusammen, wenn das Telefon klingelte. Ihr wurde klar, daß sie sich beklagen und mit ihm reden sollte. Sie mußte ihn fragen, was er eigentlich zu tun gedächte. Aber sie konnte diese Trägheit nicht abschütteln, konnte sich nicht Dingen stellen, die vielleicht unangenehm waren.

Eines Tages lehnte sie in der Pause an der Schulhofmauer. Die milde Wärme der Aprilsonne tat ihr gut. Jemand sprach sie an. Es war Tina Ellis, die vor ihr stand und sie leise fragte:

»Ist alles in Ordnung, Jan?«
»Was?«
Tina Ellis und sie hatten noch nie miteinander gesprochen. Sie riefen sich nur gelegentlich etwas zu. Im dritten Schuljahr hatten sie einmal Krach miteinander bekommen und sich gegenseitig mit Bleistiften, Linealen und Radiergummis bombardiert, wobei die anderen sie angefeuert hatten.
»Ist alles in Ordnung?«
»Natürlich, was meinst du denn?«
Tina Ellis überlegte einen Augenblick, als schätzte sie Jans Laune ein. Dann sagte sie: »Unsere Mutter ist abgehauen – vor sechs Monaten.«
Jan stieß sich von der Mauer ab. »Wovon redest du eigentlich?« Ihre Stimme klang hart.
Tina riß die Augen auf. »Nichts. Vergiß es, du Snob.« Sie ließ Jan stehen und ging davon.
Als sie nachmittags nach Hause ging, spürte Jan ein neues Gefühl in sich aufsteigen. Ärger und Groll hatten für einen Augenblick die drückende Trägheit verdrängt. Nachdem sie ihrem Vater am Abend eine Tasse Tee auf den Schreibtisch gestellt hatte, polterte sie laut die Treppe hinunter. Im Wohnzimmer saß Kevin vor dem Fernseher. Sie drehte ihn ab.
»Was soll das?«
»Ich brauche Ruhe zum Telefonieren.«
Sie machte die Zimmertür fest hinter sich zu. Aus dem Telefonbuch, das in der Schublade unter dem Apparat lag, suchte sie sich die Vorwahlnummer für ein Ferngespräch heraus und wählte.
Ihr Vater erschien oben auf dem Treppenabsatz. »Wen rufst du an, Jan?«
»Ich telefoniere mit Oma.«
»Das darfst du auf keinen Fall.«
»Nicht Oma Warby, die andere.«

»Ich habe dir gesagt, daß ...«
Aber die Verbindung war schon hergestellt. Vater kam die Treppe heruntergelaufen, blieb aber stehen, als sie zu sprechen begann.
»Ist da Oma ... Mrs. Madsen? Hier ist Jan. Es geht um Mutter. Ich meine, ist sie bei euch?«
»Nein, seit Weihnachten vor einem Jahr ist sie nicht mehr hier gewesen«, kam kurz die Antwort.
»Wir machen uns große Sorgen. Seit Anfang letzter Woche ist sie weg, ohne ein Wort zu hinterlassen.«
»Na ja, das überrascht mich nicht allzusehr. Sie hat ja immer getan, was sie wollte, und uns nie etwas erzählt. Als sie in deinem Alter war, ist sie zweimal von zu Hause weggelaufen. Wir mußten sie mit der Polizei zurückholen. Beim dritten Mal haben wir ihr gesagt, sie könnte wegbleiben. Aber es ist ihr immer egal gewesen, was wir gesagt haben.«
Die spitze Stimme bohrte sich in ihren Kopf, und sie spürte, wie ihre Gedanken sich zu Worten formten und herauszuplatzen drohten. Am liebsten hätte sie im gleichen Ton zurückgeschrien, doch sie biß die Zähne zusammen und sagte ruhig: »Vielen Dank, Oma.« Dann legte sie den Hörer auf.
Jetzt wußte sie, warum sie zornig war. Sie drehte sich zu ihrem Vater um, der unten an der Treppe stand. »Hast du das gehört?«
Er legte schnell den Finger auf die Lippen, und sie wiederholte etwas leiser: »Hast du gehört, was Oma gesagt hat?«
Er zeigte nach oben, drehte sich um und ging die Treppe wieder hinauf. Sie folgte ihm. Er saß in seinem Zimmer auf dem Bett. Seine Arbeitskleidung lag überall verstreut umher.
»Oma sagt, daß Mutter, als sie jung war, auch schon von zu Hause weggelaufen ist.«
Er nickte. »Ja, ich weiß.«
»Aber falls sie nun irgendwo herumirrt! Sollen wir nicht lieber noch mal zur Polizei gehen?«

Er senkte den Kopf. »Da bin ich schon zweimal gewesen.« Dann blickte er sie an und fuhr fort: »Und ich bin auch bei der Heilsarmee gewesen. Die weisen überall ihre Leute an, nach Vermißten Ausschau zu halten.«
»Warum hast du mir nichts davon erzählt, Papa?«
»Das konnte ich einfach nicht. Du siehst so unglücklich aus. Ich habe gehofft, etwas Neues zu hören, wollte dich aber vorher nicht damit belasten.«
»Aber ich kann so nicht weiterleben. Wir müssen etwas tun. Kannst du nicht mit Oma Warby reden?«
Seine Lippen wurden schmal.
»Nein, noch nicht. Ich möchte nicht, daß Oma jetzt schon etwas davon erfährt.«
Tief aus ihrem Innern kamen die Worte: »Papa, glaubst du, daß ...?«
Sie konnte ihre Frage nicht zu Ende bringen. Zuerst schien er überhaupt nicht zugehört zu haben. Dann sagte er unwillig: »Was soll ich glauben, Jan?«
»Nichts, Papa.«
Er schaute sie an, aber er drängte sie nicht weiterzusprechen. In seinen Augen war etwas, das sie nicht verstand. Sie sahen sich einen Augenblick lang an, und dann verließen beide schweigend das Zimmer.
Die Tage vergingen. In der Schule arbeitete sie, als sei Arbeit eine Droge, aber es erleichterte sie nicht. Daheim in dem toten Haus verliefen die Abende wortlos. Kev kam jetzt immer gleich nach Hause, aß etwas, trank seinen Tee und verschwand still in seinem kleinen Zimmer. Die von Mutter eingeführte Routine des täglichen Lebens lief weiter.
Aber Mutter war nicht da.
Als Jan eines Abends mit gesenktem Kopf über ihren Büchern saß, aber nicht las, sondern die Stirn auf die glatten, kühlen Seiten preßte, ließ das Klingeln des Telefons sie von ihrem Stuhl hochfahren. Sie stürzte zur Treppe, aber Vater

stand schon am Apparat. Sie beobachtete, wie er zuhörte und nickte. Noch mit dem Hörer in der Hand, sah er zu ihr hinauf und flüsterte ziemlich laut: »Die Polizei. Ich soll kommen. Sie haben eine Frau aus dem Fluß gezogen und wissen nicht, wer sie ist.«

Jan, die im Wagen gewartet hatte, als ihr Vater ins Krankenhaus gegangen war, sah ihn mit verstörtem Gesicht wieder herauskommen. Sie versuchte, seine Gedanken zu lesen. Er blickte sie an, mit einem kleinen Lächeln auf dem Gesicht, und schüttelte den Kopf. Einen Augenblick ließ die Spannung in ihr nach, und in ihren Augen brannten die ungeweinten Tränen. Dann war der vertraute Schmerz wieder da.

5.

In der Schule und in den Geschäften sprachen die Leute nicht mehr mit Jan. Sie trottete allein die Gorse Lane entlang, wanderte einsam über die Schulkorridore und zwischen den Regalen im Supermarkt umher, wo sie auswählte, ohne ihre Umwelt zu sehen. Wenn ihr Portemonnaie leer war, ging sie zu ihrem Vater und bat um Geld. Seine sorgenvollen Blicke und gemurmelten Ermahnungen, »recht sparsam« zu sein, nahm sie nicht wahr.

Es schien ihr nichts auszumachen, daß niemand mit ihr sprach. Sie war sich selbst genug und lief allein umher. Wenn sie an den dunklen, abbröckelnden Mauern des Altersheimes vorbeikam, beschleunigte sie unwillkürlich ihre Schritte. Bei den Schulversammlungen bedrückten sie die vielen Gesichter um sie herum. In ihrem Kopf war eine quälende Enge, und ihre Nerven schienen jetzt dichter unter der Haut zu liegen. Ein an sie gerichtetes Wort oder eine Berührung waren kaum zu ertragen.

Die Aufforderung, die tote Frau zu identifizieren, hatte Jans Vater offenbar wieder aktiviert. Eines Abends, nachdem Kevin sich mürrisch, jedoch ohne großen Protest ins Bett hatte schicken lassen, klopfte es an der Haustür, und Vater führte einen Mann ins Vorderzimmer, wo sie ungefähr eine halbe Stunde saßen und redeten. Sie hörte von ihrem Zimmer aus die Stimmen, bekam aber nicht mit, was sie sagten. Als er den Mann dann verabschiedet hatte, sprach sie ihren Vater auf der Treppe an. »Wer war das, Papa?«

»Jemand, der mir – der uns – hilft, Mutter zu finden.«

»Aber wie denn?«

»Ach, er versucht herauszubekommen, wo sie an dem Montag gewesen ist. Er fragt überall, ob jemand sie gesehen hat.«
»Aber ich dachte, du willst nicht, daß wir darüber sprechen?«
»Er tut es sehr diskret.« Plötzlich wurde er böse. »Ich muß doch etwas unternehmen, oder etwa nicht?«
Sie zuckte bei den Worten zusammen und drückte sich zur Seite, damit er an ihr vorbei nach oben in sein Zimmer gehen konnte.
Am nächsten Abend und auch am übernächsten klingelte das Telefon einige Male, aber Vater war immer als erster dran. Er sprach leise und legte die Hand um den Hörer, wenn er sprach. Er telefonierte auch selbst, ebenso heimlich.
Jan lauschte jetzt an den Türen, warf schnell einen Blick in das Schlafzimmer ihrer Eltern, wenn sie die Treppe hinaufging, beobachtete abends von ihrem Fenster aus die Straße und hielt den Atem an, sobald das Telefon klingelte.
Am Freitag abend beschloß Vater, daß sie am nächsten Tag ans Meer fahren wollten. Sie strich Brote und füllte die Thermosflasche mit Tee. Das Wetter war schön. Auf der Fahrt spielte sie mit Kevin »Ich sehe was, was du nicht siehst«. Er war flink, und seine Augen leuchteten genau wie die seiner Mutter, wenn er die schwierigsten Dinge riet, die sie sich ausdachte. Immer wenn er kicherte und sein Triumphgeheul ausstieß, sah sie im Spiegel ein kleines Lächeln auf den Lippen ihres Vaters. Sie spürte seinen Stolz, und sie ärgerte sich über die beiden.
Während Vater und Sohn Sandburgen bauten, zog sie sich ihren Badeanzug an und lief ans Wasser. Die Luft war kalt und das Meer noch kälter. Einer plötzlichen Laune folgend, watete sie hinein und warf sich mit einem flachen Kopfsprung in die Wellen. Sie war eine gute Schwimmerin und hatte, ehe der Prüfungsdruck einsetzte, ihre Mannschaft im letzten Jahr geführt. Sich drehen und rollen im Wasser, immer weiter schwimmen und fühlen, wie ihr Körper die Wellen schnitt,

das gab ihr ein Gefühl großer Freiheit. Sie schwamm und schwamm. Das Wasser trug sie weiter. Niemand war im Weg, niemand hielt sie zurück.

»Jan! Jan! Komm zurück!«

Sie warf sich herum wie beim Wettschwimmen und schleuderte das Haar aus den Augen. Ganz hinten, am fast leeren Strand, stand Vater bis zu den Knien im Wasser und winkte. Der kleine Kev hüpfte um ihn herum. Sie schwamm mit kräftigen Zügen zurück, fühlte aber, wie ihre Glieder vor Erschöpfung schwer wurden und sie immer langsamer vorwärtskam. Sie hatte Schwierigkeiten beim Atmen, und die Küstenlinie verschwamm ihr vor den Augen. Plötzlich schluckte sie Wasser und hustete.

»Jan!«

Sie streckte ihre Füße aus und fühlte Grund. Die Knie gaben plötzlich nach, sie fiel nach vorn und kroch auf allen vieren über den kalten, nassen Sand.

Vaters Hand zog sie hoch. Sie spürte, wie sich die Muskeln in seinem Unterarm spannten. Er war stark. Sie wanderten am Strand entlang. Seine Hosen waren bis zu den Knien naß vom Salzwasser.

»Was hast du denn gemacht, Jan?«

Sie schaute ihn an. »Nur geschwommen, Papa.«

»Du warst ja kaum noch zu sehen. Ich dachte schon, du kämst nicht mehr wieder«, versuchte er zu scherzen.

»Doch, Papa.«

Sie aßen ihre Brote in einem fast leeren Café an der Promenade. Jan hatte wieder Appetit bekommen und aß so gierig wie Kev, so daß die Brote nicht ausreichten. Vater bestellte Kuchen und Eis, und sie freute sich schon auf eine Nachbestellung, bis sie sah, wie er seine Lippen zusammenpreßte und mit seiner Hand unwillkürlich in die Jackentasche faßte. Mit gerunzelter Stirn beugte er sich über die Rechnung, sagte aber nichts.

Am Nachmittag gingen sie in einen Disney-Film, ein richtiges Radaustück. Sie schütteten sich aus vor Lachen, und Kevs Gesicht wurde vom Schluckauf ganz rot. Am frühen Abend fuhr Vater mit ihnen zurück. Jan saß mit Kev hinten. Er schlief in ihren Armen ein, und sein Kopf fiel ihr in den Schoß, als sie ihm das verschwitzte Haar aus den Augen strich. Weil sie ihn nicht wecken mochte, hob sie ihn zu Hause aus dem Wagen. Vater wollte ihn ihr abnehmen, doch sie hielt ihn fest und schleppte ihn die Treppe hinauf in sein Zimmer.

Er bewegte sich. »Darf ich ›Batman‹ anschauen, Mama?«

»Mal sehen, Liebling.« Sie drehte den Kopf zur Seite.

Als sie ihn im Badezimmer auszog und wusch, lehnte er sich mit geschlossenen Augen an sie. Jungenkörper sind komisch, dachte sie. Nicht so unhandlich wie der ihre mit seinen Kanten und Ausbuchtungen. Nackt trug sie ihn in sein Zimmer, zog ihm den Schlafanzug an und rollte ihn ins Bett. Er schlief schon wieder. Sie beugte sich über ihn, gab ihm einen Kuß, drehte das Licht aus und ging hinunter.

Vater saß in der Küche und trank ein Bier. »Auch eins, Jan?« Eigentlich mochte sie kein Bier, aber sie sagte ja. Die bittere Flüssigkeit lief dann doch glatt hinunter.

»Vielen Dank, Papa. Das war ein schöner Tag.«

»Ich danke dir, daß du dich so nett um Kev gekümmert hast, Jan.«

»Es tut mir leid, daß ich so weit hinausgeschwommen bin. Ich wollte gerade zurückkommen.«

Er antwortete nicht. Aber als sie später hinauf ins Bett gehen wollte, stand er unbeholfen auf und gab ihr einen Gutenachtkuß. Das hatte er das letztemal getan, als sie noch sehr klein war. Kaum lag sie im Bett, war sie auch schon eingeschlafen.

Ein leises Stimmengeräusch weckte sie. Sie warf sich den Morgenmantel mit dem Chinamuster über, den ihr Mutter Anfang des Jahres überlassen hatte. Ein Hauch ihres Parfüms war noch immer vorhanden. Sie lief die Treppe hinunter. Der vertraute innere Schmerz war zwar verschwunden, aber aus Furcht, er könnte wiederkommen oder etwas Schlimmeres an seine Stelle treten, wagte sie nicht, es wirklich zur Kenntnis zu nehmen.

Ihr Bruder saß in der Küche und stopfte löffelweise pappige Cornflakes in sich hinein.

»Wo ist Papa?«

»Im Vorderzimmer.«

Sie riß die Tür auf und war schon fast im Zimmer, als sie sah, daß ihr Vater nicht allein war. Ihm gegenüber saß auf einem der Sessel, noch im Regenmantel, den Notizblock in der Hand, der Mann, der Anfang der Woche schon einmal dagewesen war. Er sagte etwas, und sie hörte, was er sagte, ehe die beiden sie bemerkten, ihr Gespräch unterbrachen, sich umdrehten und sie anstarrten.

»Darüber kann kein Zweifel bestehen«, hatte der Mann gesagt. »Der Verkäufer bei Barkway erinnert sich noch ganz genau. Sie betrat in ihrer Alltagskleidung den Laden, kleidete sich ganz neu ein, kaufte sich einen Reisekoffer und stieg in ein Auto, das draußen wartete. Der Zeitungsverkäufer auf dem Bahnhof sah sie aus dem Wagen steigen und zur Sperre gehen. Ein junger Mann war bei ihr, der ihren Koffer trug.«

Sie floh aus dem Wohnzimmer und rannte die Treppe hinauf. Sie stand vor der Frisierkommode und sah sich ihr Gesicht im Spiegel an – grauweiß, die Zähne in die Unterlippe verbissen. Sie spürte den Druck, aber keinen Schmerz. Selbst wenn Blut kommt, wird es nicht weh tun, dachte sie. Sie hörte Tina Ellis' Stimme auf dem Schulhof: »Unsere Mutter ist vor sechs Monaten abgehauen.« Und ihre eigene aggressive Antwort: »Wovon redest du eigentlich?«

Ein plötzliches Schamgefühl, dann Übelkeit im Magen und der überwältigende Wunsch, sich zu verstecken, tauchten auf und verschwanden wieder. Tief atmend rannte sie im Zim-

mer auf und ab und versuchte, die gehörten Worte aus ihrem Gedächtnis zu streichen.
Die untere Zimmertür wurde zugeschlagen, und sie hörte ihren Vater zu Kev sagen: »Wasch dich, Junge, und zieh deinen Anzug an.«
»Mensch, Papa, fahren wir zu Oma und Opa? Das ist prima!«
Die Füße ihres Bruders polterten die Treppe herauf, gefolgt von den schweren Tritten ihres Vaters.
Sie ging zu ihm hinaus. »Papa!«
»Hör mal zu, Jan, wir sprechen heute abend über alles, wenn wir aus Warby zurück sind.«
»Aber was willst du ihnen denn erzählen?«
»Mach dir darüber keine Sorgen. Ich krieg das schon irgendwie hin. Beeil dich lieber. Du bist immer gern nach Warby gefahren.«
Seine Stimme klang so aufgeräumt, als sei er in Gedanken schon unterwegs. Er ging in sein Zimmer und sie in das ihre. Sie zog ihr Lieblingskleid an, tiefblau und dreiviertellang, kämmte ihr Haar (das allmählich zu lang wurde) und klemmte ihre Ohrclips ein. Alles ging mechanisch. Man zog sich immer schön an, wenn man nach Warby fuhr.
Warby bedeutete großes Mittagessen – Lammbraten mit Gemüse und Salat aus dem eigenen Garten, Weinspeise mit Schlagsahne und so viel Süßigkeiten und Schokolade, wie man nur essen konnte, bis Mutter schließlich die Stirn runzelte und den Kopf schüttelte.
Dann sagte Großvater: »Laß sie doch, Val, sie sind ja noch Kinder.« Und wenn Mutter darauf antwortete: »Ja, und später fett«, lachten beide. Er mochte Mutter, das wußte Jan.

6.

Als sie die Stadt hinter sich gelassen hatten und in die Straße einbogen, die durch die Heide führte, unterhielt sich Vater mit Kevin. Er zeigte ihm Brachvögel und Schnepfen, die über das Moos strichen.

»Schau mal, Kev, da ist ein Sperber.«

Allein auf dem Rücksitz, konnte sie ihren Gedanken nachhängen. Sie spürte die Veränderung, die in ihr vorgegangen war, seit sie die Bedeutung des am frühen Morgen aufgeschnappten Gesprächs richtig erfaßt hatte. Sie betrachtete sich wie eine Fremde, so wie der Arzt eine Patientin betrachtet, die er untersucht. Die Übelkeit ließ nach. Auch die dumpfe Trägheit in ihr ging weg. Ihr Körper schien sich allmählich wieder zu beleben. Sie roch den leichten Frühlingswind, der zum handbreit geöffneten Fenster hereinwehte, und sie betrachtete die Berge, die schon einen grünen Schimmer zeigten, wo der Schnee sich auf die Gipfel zurückgezogen hatte. In Gedanken listete sie die Dinge noch einmal auf, verweilte bei ihnen und dachte über die nach, die sie ertragen konnte, und die, die sie nicht ertragen konnte.

Mutter war wieder da. Zwar nicht bei ihnen zu Hause, aber irgendwo draußen in der Welt lebte sie. Die Vorstellung brachte eine Welle der Erregung und danach einen um so tieferen Sturz. Mutter war nicht »verreist«. Sie war weggegangen, war »abgehauen«. Hatte Vater, Kev und sie alleingelassen, war ohne ein Wort irgendwohin gegangen, hatte nichts weiter als einen vollen Kühlschrank und eine aufgefüllte Speisekammer hinterlassen. Mutter dachte eben an alles.

Das war Mutter, wie sie sie kannte, doch wer war jene Frau, die sich neu eingekleidet und einen Koffer gekauft hatte und dann mit einem jungen Mann zum Bahnhof gefahren war? Wie alt? Jung wie Pete? Wie alt war ihre Mutter überhaupt? Ihre Mutter war eine Frau.

Warby war ein dichtbesiedelter Ort, ein Heidedorf mit einer alten, verfallenen Mühle und einer baufälligen Kapelle. Um das Dorf herum waren Wohnblocks mit Sozialwohnungen gebaut, die sich nackt und grauorange bis zum Horizont erstreckten. Großmutter mochte Warby nicht. Ihr fehlte der gewohnte Klatsch aus der Stadt, aber Großvater hatte jetzt einen großen Garten, in dem er herumpusselte und Riesenlauch und Winterwirsing anbaute.
Als sie ankamen, schien alles so wie immer: Die beiden alten Leute kamen an die Gartenpforte gelaufen und nahmen Kev, der wie ein täppischer junger Hund aus dem Auto kletterte, mit offenen Armen in Empfang. Sie schienen nicht erstaunt, daß Mutter nicht dabei war. Was mochte Vater ihnen erzählt haben? Sie dachte darüber nach, und der Gedanke traf sie wie ein Pfeil – wann war es ihm eigentlich klargeworden, und wann hatte er begriffen, weshalb Mutter fortgegangen war? Dann schob sie den Gedanken beiseite, hin zu der dunklen Stelle in ihrem Gedächtnis.
»Kommt herein. Das Essen ist fast fertig. Jan, du siehst ja so spitz aus.«
»Ißt ja auch nicht genug. Sie will wahrscheinlich ihre Rippen zählen können.« Stürmische Umarmung von Großvater, die ihr fast den Atem nahm, ein schneller Kuß von Großmutter. Dann standen sie in dem vollgestopften Wohnzimmer mit dem glatten Ledersofa und dem leichten Mottenkugelgeruch.
»Ich gehe mit Geoff zu den Webern«, sagte der Großvater.
»Gut, aber um eins steht das Essen auf dem Tisch.«
Vater und Großvater gingen hinaus.

»Darf ich zu den Hunden gehen, Opa?« rief Kev ihnen hinterher.
»Ja, geh nur, aber steck den Finger nicht durchs Gitter. Das sind keine Vegetarier.«
Großmutter und sie waren nun allein.
»Komm mit in die Küche, Jan. Du kannst für mich Äpfel schälen.«
Das Küchenfenster blickte zur Heide hinaus. Jan stand am Ausguß und betrachtete die Landschaft. Mit dem neuen Verständnis, das sie an diesem Tag erlangt hatte, wußte sie auf einmal, warum sie die Straße und das enge Haus, das Vater und Mutter gekauft hatten, so haßte. Da war kein Horizont. Wohin man auch sah, überall blockierten Ziegel und Steine die Sicht.
Als Großmutters flinke Finger eine Schürze um ihre Taille banden, nahm sie das Schälmesser.
»Ich habe ein gutes Rezept für einen Apfelauflauf mit Streuseln. Wenn du willst, kannst du es haben, Jan. Mich haben schon viele darum gebeten, aber ich gebe es nicht einfach jedem, der es haben will. Ich selber habe es von meiner Großmutter bekommen. Was meinst du, willst du es mal versuchen?«
Jan hörte die Stimme ihrer Großmutter, nahm aber erst später, als sie wieder im Auto saßen und nach Hause fuhren, die Worte wahr.
»Es gibt ja Leute, die erledigen ihre ganzen Einkäufe in einem Rutsch«, schwatzte Großmutter weiter. »Raus aus dem Wagen, rein in den Supermarkt und dann beladen wie die Packesel nach Haus. Ich sage immer, jeden Tag ein bißchen kaufen, aber frisch kaufen, das spart Geld. Die setzen die Preise jedes Wochenende bestimmt ein oder zwei Pennys rauf, da könnte ich wetten. Ach, Jan, geh ein bißchen sparsamer mit dem Messer um, sonst haben wir nachher nur Kerngehäuse und keine Äpfel.«

»Tut mir leid, Großmutter.«
»Du hast geschickte, kräftige Finger und auch Grips. Du müßtest eigentlich gut feines Gebäck machen können. Aber ihr jungen Frauen, ihr kauft ja heute alles fertig, nicht wahr?«
Jan sah Vater und Großvater am Küchenfenster vorbeigehen, und auch Kevin kam vom Garten hereingelaufen. Jan spürte ein Stechen in der Brust. Solange Großmutter gesprochen hatte, hatte sie die Luft angehalten.
Niemand redete beim Essen, das war ungeschriebenes Gesetz in Großmutters Haus. Aber beim Apfelauflauf fummelte Großvater an seinem Gürtel herum, um ihn ein Loch weiterzustellen, und lachte zu ihr hinüber. »Na, Jan, was macht die Schule? Biologie und Erdkunde, das sind doch wohl deine Prüfungsfächer? Stehst du jetzt vor der A- oder der O-Prüfung? Ich krieg die Buchstaben immer durcheinander.«
»O-Prüfung in diesem Sommer, Großvater. Die erste Prüfung beginnt nächsten Monat. Die A-Prüfung kommt dann zwei Jahre später.«
»Sie kann natürlich«, fiel Großmutter ein, »die Schule auch schon in diesem Sommer verlassen, wenn sie will. Sie ist ja schon längst sechzehn.«
»Was?« rief der alte Mann. »Unsere Jan? Die eine so gute Schülerin ist? Sogar Lehrerin könnte sie werden.«
»Diese Häuser kosten aber eine Menge Geld, das weißt du doch, mit der Hypothek und so«, sagte Großmutter und schaute ihn gereizt an.
»Ich habe ja noch immer nicht begriffen, weshalb sie dieses Haus kaufen mußten«, erklärte Großvater, »wo sie doch eine wirkliche schöne Mietwohnung hatten.«
Die beiden alten Leute hatten ihre Gäste inzwischen vergessen.
»Ja, ja, aber in einer städtischen Mietwohnung kommt man nicht weiter. Du zahlst und zahlst, bis sie dich am Ende

raussetzen wie uns.« Großmutter stützte die Ellenbogen auf den Tisch, ein sicheres Zeichen, daß sie ärgerlich war. »Sie könnten natürlich ihr Haus jetzt auch verkaufen und sich ein neues kaufen, wenn unser Geoff mit seinem Fortbildungskursus fertig ist. Dann brauchen sie aber wirklich ein Haus, in das sie jemanden einladen können. Du kannst nicht Dozenten, Manager und solche Leute in den sozialen Wohnungsbau einladen.«

»Was zum Teufel spielt das für eine Rolle, Frau? Kann unser Junge nicht auch in der Welt vorankommen, ohne so ein feiner Pinkel zu werden?«

»Kevin, du darfst jetzt rausgehen«, sagte die Großmutter.

Mit großen Augen glitt er vom Stuhl und lief in den Garten hinaus. Vater stand auf und machte die Tür hinter ihm zu.

»Regt euch doch wegen uns nicht auf. Wir kommen schon zurecht. In einem Jahr, wenn mein Lehrgang zu Ende ist, werde ich wahrscheinlich mehr als je zuvor verdienen. Nur im Augenblick kneift es etwas, das ist alles.«

»Unsere Jan hilft bestimmt, wo sie kann, davon bin ich überzeugt«, sagte Großmutter und sah sie an. »Du mußt halt jetzt auf manches verzichten.« Sie lächelte zwar, aber aus ihren Worten klang eine gewisse Schärfe.

Großvater schob seinen Stuhl zurück. »Komm, Jan, wir steigen zusammen auf den Borley Top, damit du ein bißchen Farbe ins Gesicht kriegst.«

»Ich wollte eigentlich Großmutter beim Abwasch helfen.«

»Abwaschen kannst du noch genug zu Hause. Komm, Mädchen. Du nimmst den einen Hund und ich den anderen.«

Am Hang hinter den Häusern ließ der Großvater die Hunde frei, schob Jans Arm unter seinen, und dann stiegen sie langsam den Hügel hinauf. Im Westen war der Himmel zartrosa übertönt. Im Osten verschattete sich das Grau in ein dunkleres Blau.

»Kopf hoch, Mädchen. Bald ist Sommer. Im letzten Winter

haben wir dich selten genug hier gesehen. Wenn deine Prüfungen vorbei sind, mußt du öfters kommen. Du mußt nicht warten, bis dein Vater dich herfährt, der hat genug andere Dinge im Kopf. Setz dich mit Kev in den Bus.«

«Danke, Großvater.«

Oben auf dem Berg blickten sie auf andere Hügel und in kleine Täler hinunter. Einige waren schon im Nebel verschwunden. Auf einmal bemerkte sie, daß Großvater etwas zu ihr sagte.

»Jan, es wird bestimmt einen Grund dafür geben. Weißt du, es gibt immer einen. Aber so wie es aussieht, ist es sicher nicht.«

Sie schluckte. »Bitte, Opa, laß.«

»Gut, mein Küken.« Der alte Mann schlug mit seinen Händen auf die Manteltaschen. »Dann wollen wir jetzt umkehren. Es ist verdammt eisig hier oben.«

Er pfiff den Hunden, und ohne ein Wort zu sagen gingen sie zurück. Als sie den Hügel hinter sich gelassen hatten und den schmalen Heideweg entlangwanderten, sagte der alte Mann plötzlich wütend: »Weißt du, es gibt zwei Wörter, die ich nicht ertragen kann und die ich auch nie werde ertragen können, weil ich sie mein ganzes Leben lang zu hören bekommen habe. Das ist ›sich einschränken‹. Weshalb sollen wir ›uns einschränken‹? Wer sagt, daß wir ›uns einschränken‹ sollen?«

Zu Hause warteten die anderen schon auf sie, Vater und Kevin in Mantel und Schal. Großmutter küßte Jan flüchtig auf die Wange und steckte ihr etwas in die Tasche. »Mach's gut, Jan.« Kev zog sie am Ärmel. »Kann ich hinten bei dir sitzen?« Er kletterte auf den Sitz, rollte sich wie eine Katze zusammen und lehnte seinen Kopf an ihre Schulter. Das Auto war noch keine zwei Kilometer die Heidestraße entlanggefahren, da war er schon eingeschlafen. Jan griff in die Tasche. Da waren drei ineinandergefaltete Stücke Papier, zwei Pfundnoten und das Rezept für den Apfelauflauf mit Streuseln. Sie blickte aus dem Autofenster in die sich niedersenkende Dunkelheit. Was würde aus ihnen werden? Was würde aus ihr werden?

Für Großmutter stand fest, daß sie den Platz der Mutter einnehmen würde und für Vater und Kev sorgte, weil Mutter nicht zurückkam. Großvater war überzeugt, daß die Dinge nicht so waren, wie sie aussahen. Wem sollte sie glauben? Wer war jene Frau, die sie die ganzen Jahre Mutter genannt hatten? Und wo, wo war Mutter?

7.

Als Kev wohlbehalten im Bett lag, setzte sich Jan mit ihrem Vater in die Küche. Er sah ihr nicht in die Augen, saß nur ruhig da, als wartete er auf ihre Anklage. Aber sie war müde. Wie von selbst kamen die Worte aus ihr heraus. »Papa, hast du es die ganze Zeit gewußt?«
»Was meinst du?« frage er zaghaft.
»Ich meine, weshalb Mama weggegangen ist. Ich meine, du hast Großmutter, du mußt ihr etwas erzählt haben ... noch ehe dieser – dieser Kerl gekommen ist und das vom Bahnhof gesagt hat und von Mama, die mit einem jungen Mann ...«
»Ich mußte Großmutter etwas erzählen.«
»Aber warum nicht mir, Papa, warum nicht mir?«
»Dir ... ich wollte nicht ... ich hoffte, es würde sich herausstellen ...«
»Papa«, ihre Stimme kam ganz leise, »hast du es vorher gewußt?«
»Nein«, antwortete er barsch, und seine Stimme klang bitter. »Sie hat nie etwas gesagt. Alles schien normal zu sein. Kein Wort hat sie ...« Mit einem Ruck stand er auf, nahm seine Tasse und goß den Tee in den Ausguß.
»Soll ich dir einen neuen Tee machen, Papa?«
Er schüttelte den Kopf und setzte sich wieder hin. »Sieh mal, Jan, wir müssen irgendwie klarkommen. Wir müssen weitermachen. Und den Dingen ins Auge sehen ... Ich meine, das mit dem Geld.«
»Was ist mit dem Geld?«
»Ach, du weißt schon. Das Haushaltsgeld. Das ist doch der Schlamassel. Ich habe dir in letzter Zeit immer wieder was

geben müssen. Aber ab jetzt mußt du jede Woche mit einem festen Betrag auskommen. Ich meine – sonst war das in ihrem Gehalt drin und nun ...« Er haute auf den Tisch, als wollte er sich selber überzeugen. »Ja, wenn es nicht reicht, Jan, irgendwie müssen wir uns dann einschränken ...«
Einschränken, dachte sie. So bald also schon.
In der ersten Woche, als das Geld schon am Donnerstag ausgegeben war, hatte sie sich mit Großmutters Pfundnoten über die Runden gebracht. Ohne es zu wollen, beobachtete sie die Preise auf dem Supermarkt und ertappte sich sogar dabei, daß sie mit den anderen Kunden darüber redete. Sie waren alle freundlich zu ihr, besonders freundlich, wie es ihr jetzt mit ihrer neu geschärften Aufmerksamkeit vorkam. Und auch ihre Augen und Ohren schienen schärfer geworden zu sein. Sie bekam mehr mit von dem, was die Leute sagten und taten. Die Frau von nebenan bot ihr nicht mehr an, für sie einkaufen zu gehen. Die Kassiererin im Supermarkt fragte nicht mehr, wie es ihrer Mutter ging.
Trotz aller Bemühungen der Familie, die Dinge für sich zu behalten, wußte offenbar jeder Bescheid. Und wer es nicht wußte, erriet es, wie Leute immer alles richtig erraten. Sie wußten, daß sie nicht auf ihre Fragen antworten würde. Sie wußten auch, warum sie nicht antworten würde, und sie wußten, daß sie es wußte.
Es war komisch. Jetzt, wo anscheinend jeder wußte, daß ihre Mutter davongelaufen war, schien alles in Ordnung zu sein. Kein Geheimnis, nichts Besonderes, einfach nur Leben. Sie sprachen mit ihr, als sei sie die Mutter, und zwar die Mutter von früher und nicht jene Frau, die sich in einen Zug gesetzt und mit einem jungen Mann, der ihren Koffer trug, die Stadt verlassen hatte.
Sie beobachtete auch, daß sich zwischen der Kassiererin vom Supermarkt und dem Manager etwas anbahnte. Ihr Geplänkel klang schriller. Wie alt mochten sie wohl sein? Auf jeden

Fall war sie älter als er. Ihr Haar war unter der Tönung sicherlich grau, während seines schwarz und glatt war. Sicher lief das schon eine Weile, nur sie, Jan, das kluge Mädchen, die gelehrsame Schülerin, die so viel aus Büchern wußte, sie hatte nichts gemerkt.

In der Schule verfolgte sie aus den Augenwinkeln, wie Sharon vor dem Eingang der Sechsten herumhing, um sich an Pete und seine Freunde heranzumachen. Billige Entschädigung für ihn? Nein, das klang zu sehr nach dem Fuchs und den sauren Trauben. Ich wünsche ihm viel Glück und ihr auch, dachte sie, wußte aber nicht, ob sie es wirklich so meinte oder nicht.

Jetzt fiel ihr auch Miss Maudesleys besorgter Gesichtsausdruck auf. Sie ging mit einem freundlichen Lächeln auf sie zu und fragte nach bestimmten Büchern, die sie für die letzten Wochen vor der Prüfung brauchte. Als sie dann das warme Lächeln auf dem Gesicht ihrer Klassenlehrerin sah, dachte sie gleichgültig, wie leicht es doch war, es den Leuten recht zu machen oder sie aus der Fassung zu bringen. Genau wie bei kleinen Kindern.

Trost fand sie in der Arbeit. Sie machte sich für jeden Abend einen Plan – pro Tag ein Fach. Dazu rechnete sie aus, wieviel Stunden ihr noch blieben, welche Fächer sie zuerst nehmen mußte und entwarf einen Zeitplan, den sie sich in ihrem Zimmer an die Wand pinnte. Von der Schule ging sie jetzt immer direkt in die Öffentliche Bibliothek, wo es im Lesesaal warm war. Wenn die alten Männer nach Hause getrottet waren, fand sie gewöhnlich in einer Ecke einen leeren Tisch und arbeitete eine Stunde, bevor sie nach Hause ging. Sich selber überlassen, schlich Kevin wieder zu der Nachbarin in die Küche, wo Jan ihn zusammengekuschelt und mit verschmiertem Gesicht vor dem Fernseher fand. Mit der Frau von nebenan trank sie dann eine Tasse Tee und unterhielt sich mit ihr über alles mögliche.

Hausputz und Wäsche ließ sie bis zum Wochenende liegen und überhörte das halblaute Murren ihres Vaters, wenn er Mitte der Woche kein sauberes Hemd mehr fand. Nach diesem Prinzip erledigte sie ihre Arbeit, und wem es nicht paßte, der konnte ja den Rest tun.

»Noch eine Tasse Tee, Papa? Aber du hast ja die erste noch gar nicht ausgetrunken.«

Als sie eines Abends in der Bibliothek über ihren Büchern saß, überfiel sie plötzlich und unvermittelt ein unsagbares Elendsgefühl. Sie sah sich um, ohne etwas zu sehen, und spürte wieder das vertraute Brennen unter den Augenlidern. Aber weinen konnte sie nicht. Wenn sie es aber gekonnt hätte, das wußte sie, dann hätte sie auf der Stelle im Lesesaal unter dem Schild, das Ruhe gebot, losgeheult. Sie hätte geschluchzt, geschluckt und gewimmert, die Tränen vom Gesicht auf die Buchseiten fließen lassen, geschnieft und ihre Nase mit der Hand abgewischt. Doch nichts davon passierte, sie starrte nur mit grauem Gesicht und trockenen Augen an die Wand wie jemand, der sich plötzlich in einer fremden Stadt wiederfindet.

Es war halb sieben. Die Bibliothekarin wollte den Lesesaal schließen. Jan packte ihre Sachen zusammen und eilte nach Hause. Sie war noch nie später als sechs gekommen und hatte Kev immer abgeholt, ehe Vater heimkam. Ihre Schritte hallten in der Abendstille, als sie die Gorse Lane entlanglief. Bei der Nachbarin stand die Haustür offen, Licht fiel heraus, und in der Küche dröhnte der Fernseher. Die Stimme der Nachbarin und die eines Mannes waren zu hören. Das war merkwürdig. Sie hatte zwar oft Besuch von Männern, aber die kamen gewöhnlich früher, wie der Mann vom Abzahlungsgeschäft, der nach dem Frühstück auftauchte, um seine wöchentliche Pfundnote einzuziehen, wozu er immer sehr lange brauchte.

Aber jetzt saß Vater bei der Nachbarin in der Küche. Er

trank eine Tasse Tee, rauchte eine Zigarette und unterhielt sich. Im Bruchteil einer Sekunde hatte sie es gesehen und ging ohne anzuhalten weiter. Sie schloß geräuschvoll die eigene Haustür auf und verschwand in der Wohnung. Fünf Minuten später kam dann auch Vater mit Kev. Er setzte sich und trank die Tasse Tee, die sie schon für ihn gemacht hatte.
»Ich habe nur Kev abgeholt. Der Fernseher nebenan scheint ihm mehr Spaß zu machen als unserer.«
»Wirklich, Papa?«
»Was ist mit dir los?«
»Ach, nichts weiter, Papa. Ist wohl nur mal wieder meine Zeit im Monat, nehme ich an.«
Er schaute erstaunt. »Leg dich hin, Jan. Ich bringe dir einen Tee.«
Sie ging ins Bad. Der kleine Wandschrank war zum Bersten voll. Ihre Mutter hatte von allem die dreifache Menge gekauft: Seife, Tabletten, Shampooflaschen, Tampaxpakkungen ...
Als Kev im Bett lag, holte Vater an diesem Freitagabend seinen neuen Anzug heraus und ging in seinen Verein. Es war das erste Mal seit ... das erste Mal seit Wochen, wie Jan feststellte. Allein und unfähig zu lernen, sah sie sich eine Fernsehserie an, die sie schon seit Monaten nicht mehr verfolgt hatte, weil sie ihr zu blöd war. Jetzt fand sie sie unterhaltend. Sie sah sich das ganze Stück an und dann das nächste, bis sie schließlich bei einer politischen Sendung im Sessel einschlief. Als ihr Vater heimkam, wachte sie vom Zuschnappen der Haustür auf. Es war kurz vor Mitternacht. Mit leisen Schritten und durch die Zähne pfeifend, ging er die Treppe hinauf. Aus der Tür des Wohnzimmers sah sie ihm nach. Leicht schwankend stand er auf halber Höhe.
»Gute Nacht, Papa.«
»Gute Nacht, meine Kleine.«

Am Montagnachmittag saß sie wieder in ein Buch vertieft in der Bibliothek. Plötzlich fiel ein Schatten auf die Schrift. Verwirrt blickte sie auf.
»Tut mir leid, ich habe nicht gemerkt, daß schon Feierabend ist«, entschuldigte sie sich.
»Wach auf, Jan, die haben doch gerade erst aufgemacht.«
Sie blinzelte ins Licht. Ihr gegenüber am Tisch saß Pete.
»Oh, hallo.«
»Na wunderbar«, erwiderte er, »sie sagt ›hallo‹. Ich stelle ihr eine lebenswichtige Frage, und sie sagt zwei Jahre später ›oh, hallo‹.«
Sie wurde rot. »Es tut mir leid.«
»Ich bin beeindruckt.«
»Was meinst du damit?«
Er lehnte sich über den Tisch. »Wenn du auf diese Frage eine Antwort haben möchtest, mußt du mir einen Kaffee spendieren.«
Sie griff nach ihrer Handtasche.
»Mach keinen Blödsinn«, sagte er. »Ich spendiere dir natürlich einen Kaffee.«
Die Cafeteria war im Nebengebäude. Nach kurzem Frösteln in der kalten Abendluft saßen sie wieder in der Wärme und im hellen Licht und sahen sich über den Tisch hinweg an.
»Nun?« fragte er.
»Was nun?« Sie kam sich blöd vor.
»Du bist wohl nicht so ganz da. Wolltest du mich nicht fragen, was mich beeindruckt?«
»Ach, ja.«
»Sag mal, ist das Absicht? Willst du mich verschaukeln?«
»Nein«, sagte sie und war erstaunt über die Entrüstung in ihrer Stimme.
Er räusperte sich. »Achtung Presseerklärung.«
»Soll ich mitschreiben?« fragte sie lächelnd und hielt ihren Kopf schief.

»Nicht nötig«, antwortete er und winkte mit der Hand ab. »Es wird unvergeßlich sein. Hm, hm. Seine lange Karriere betreffend, erklärte Mr. Pete Carey gestern abend, ich zitiere: ›Gelegentlich hat man nein zu mir gesagt, meistens war es aber ein Ja, aber niemals hat jemand zu mir gesagt ›Ich gebe Ihnen noch Bescheid‹, um dann zwei Jahre lang nicht mehr mit mir zu sprechen‹.«

»Es waren keine zwei Jahre, es waren vier Wochen.«

»Und, was ist da der Unterschied? Es hätte für immer sein können, wenn ich meine Regeln Frauen gegenüber, die sich rar machen, nicht so weit gelockert hätte, daß ich dir in die Bibliothek folgen konnte.«

»Ich mach mich nicht rar«, widersprach sie heftig. »Ich hatte andere Dinge im Kopf.«

»Ach, und was für andere Dinge könnten wohl...« Er unterbrach sich, als er ihren Gesichtsausdruck sah. Dann streckte er seine Hand aus und nahm ihre. »Entschuldige, ich habe nur Spaß gemacht. Aber nun einmal abgesehen von diesen anderen Dingen«, fuhr er hastig fort, »was hättest du zu mir gesagt, *wenn* du etwas gesagt hättest?«

Sie drückte leicht seine Hand und zog die ihre zurück. »Abgesehen von diesen anderen Dingen, ja.«

»Oh, zauberhaft. Aber nun, wie der Indianerhäuptling sagt: Du sagen ja – ich möchten wissen wann.«

»Ich muß doch jetzt Prüfungen machen.«

»Ich auch. Aber einen Abend in der Woche gebe ich mir frei.«

»Okay, sag wann.«

»Freitag, Jan?«

Sie nickte. »Was machen wir dann?«

»Verführe mich nicht zu einer Antwort«, erwiderte er. »Ich schlage vor, wir treffen uns hier um sieben und denken uns dann etwas aus. Einverstanden?«

»Einverstanden.«

Er lehnte sich über den Tisch, als wollte er sie küssen. Doch sie drehte ihren Kopf leicht zur Seite, und er gab den Versuch auf. Komisch, sie hatte das bei Frauen im Kino gesehen, aber sie hatte nicht gewußt, daß das so einfach war.
Als sie nach Hause kam, lag Kevin schon im Bett, und Vater saß mit finsterer Miene am Küchentisch. »Sieh dir das an«, sagte er, »der kleine Schurke hat ihn sogar auf dem Heimweg von der Schule aufgemacht.«
Es war ein Brief von Kevins Klassenlehrerin, in dem sie seine Eltern bat, sie aufzusuchen. Sein Verhalten sei in letzter Zeit »ungewöhnlich« gewesen, und jetzt sei es geradezu »unmöglich« geworden.
»Wann willst du hingehen?« fragte sie.
»Donnerstag. Ich mache früher Feierabend.«
»Soll ich mitkommen?«
»Lieber nicht. Es würde nur Anlaß geben ...«
Sie nickte. »Glaubst du, Kevin weiß, daß Mutter nicht ...«
Er schnaubte. »Wer weiß das hier in der Gegend nicht? Und der Rest kann sich's an den fünf Fingern abzählen, sogar die Sechsjährigen in der Grundschule. Wir sind eine kaputte Familie, Jan, und über kaputte Familien wissen sie alle Bescheid.« Dann sagte er mit affektierter, belehrender Stimme: »Es ist eine bewiesene Tatsache, daß über eine Million Kinder aus Haushalten mit nur einem Familienteil kommen.«
»Das ist kein Spaß, Papa.«
»Das habe ich, weiß Gott, auch nicht behauptet. Hör zu, Jan, hast du mitgekriegt, daß ich zwei Nächte hintereinander mit dem Burschen zugebracht habe, weil er schlecht geträumt und nach seiner Mutter geweint hat?«
»Das habe ich nicht gewußt, Papa.«
»Ich weiß«, fuhr er etwas sanfter fort. »Dein Zimmer geht ja auch nach vorne raus, und meines liegt neben dem seinen. Und du hast die ganze Woche wie eine Tote geschlafen.«

»Kann sein, daß er zuviel vor dem Fernseher hockt. Er ist sehr oft nebenan.«
»Na und? Oder willst du vielleicht von da, wo du nach der Schule immer noch hingehst, etwas früher nach Hause kommen, um ihn abzuholen? Ich kann nicht früher hier sein.
»Nein«, meinte er dann, »ich glaube nicht, daß es am Fernsehen liegt. Es ist etwas, wonach er sich sehnt und was er nicht bekommt.«
»Papa«, fragte sie leise, »wenn du wüßtest, wo Mama ist, würdest du dann versuchen, sie zurückzuholen?«
Er stand so heftig auf, daß der Stuhl umkippte. »Soll das ein Witz sein, Jan?«

8.

Wie im stillen Einverständnis sprachen sie und Pete am nächsten Tag nicht miteinander. Nur ein Nicken und ein kleines Winken auf dem Schulhof, als er auf seinem neuen Rad angefahren kam. Aber eigentlich war es egal. Alle wußten es längst, wie sie immer alles wußten. Als sie sich an ihren Tisch setzte, herrschte tiefes Schweigen um sie herum. Und dann begann das Getuschel. Sie blickte auf. Es verstummte. Als sie Sharons Blick begegnete, sah sie nichts als Feindseligkeit darin. Achselzuckend drehte sie sich um. Beachtete sie Pete nicht, war es nicht richtig. Wenn sie sich aber wie jetzt mit ihm verabredete, war es erst recht nicht richtig. Sollten sie ihr doch alle den Buckel runterrutschen.

Anstatt in die Bibliothek zu gehen, lief sie am Nachmittag gleich nach Hause, um Kev nebenan abzuholen. Sie machte ihm Tee und las ihm so lange etwas vor, bis er nichts mehr hören mochte. Dann sahen sie zusammen fern. Es war eine Sendung, die sie aus ihrer eigenen Kindheit kannte, jetzt nur mit anderen Schauspielern. In weiter Ferne schien ihr das alles zu liegen. Sie beobachtete Kev, der mit dem Daumen im Mund auf die weiße Scheibe starrte. Natürlich konnte es für ihn nicht das gleiche sein.

Am nächsten Tag mußte Jan einkaufen gehen und Kev deshalb nebenan lassen.

»Mach dir darüber keine Sorgen«, sagte die Nachbarin, »sein Vater schaut sowieso bei mir herein und nimmt ihn nachher mit.«

Der Supermarkt war schon fast leer. Sie suchte ihre Sachen so schnell zusammen, daß sie schon nach kurzer Zeit wieder der

Kasse zustrebte. Zwei Personen fuhren auseinander, als sie in Sicht kam. Der Manager schlenderte pfeifend zum Ausgang hinüber, und die Kassiererin ordnete leicht verlegen ihr Haar und wandte sich ihr mit leicht geröteten Wangen zu. »Hallo, noch immer keine Nachricht von eurer Mutter?«
Die unverschämte Frage brachte Jan aus der Fassung. Dabei hatte sie so unschuldig geklungen. Während sie noch überlegte, ob sie das einfach ignorieren sollte oder nicht, sagte jemand hinter ihr: »Entschuldigen Sie, aber was kostet die Backobstmischung? Es steht kein Preis dran.«
Hinter ihr stand mit zusammengekniffenem Mund die alte Mrs. Elsom von nebenan.
Jan stellte ihren Korb auf den Kassentisch, während die Kassiererin hastig ihre Zettel durchschaute. Am Ausgang hielt Jan die Glastür für die alte Frau auf, die gebückt unter dem Gewicht ihrer Einkäufe auf sie zukam. Mrs. Elsom war so alt und runzlig wie ihr Mann. Sie hätten Bruder und Schwester sein können. Sie trug ihr weißes Haar in einem Netz wie damals die Frauen um 1940. An ihrem alten grauen Mantel fehlten zwei Knöpfe, und an ihren krummen Beinen ringelten sich dunkelbraune Strümpfe. Aber sie schritt munter aus, und Jan sah jetzt zum ersten Mal das freundliche Lächeln auf ihrem Gesicht.
Nachdem sie der alten Frau eine ihrer schweren Einkaufstaschen abgenommen hatte, gingen sie langsam zusammen auf die Straße. Ihr fiel wieder ein, wie Mr. Elsom ihr Kartoffeln angeboten und sie so dumm nein gesagt hatte. Jetzt entschuldigte sie sich schnell dafür.
»Deshalb brauchst du dir keine grauen Haare wachsen zu lassen«, sagte Mrs. Elsom und schüttelte den Kopf. »Das nimmt er nicht krumm. Er bietet überall seine Kartoffeln an. Weiß der Himmel, weshalb sie bei uns so wachsen. Drei Zentner im letzten Herbst. Wie sollen wir die denn bloß alle essen, habe ich ihn gefragt. Und wo soll ich sie aufbewahren?

Aber das hält ihn wenigstens von Dummheiten ab«, fuhr sie lachend fort. »Nicht, daß wir in unserem Alter noch viele Gelegenheiten für Dummheiten hätten, leider.« Sie stieß Jan mit dem Ellbogen in die Seite.

Vor der Haustür blieb sie eine Zeitlang stehen. Der Fernseher von nebenan dröhnte bis auf die Straße hinaus.

»Leute gibt's«, sagte die alte Frau und rümpfte die Nase. Sie legte ihre Hand auf Jans Arm. »Hör zu, du kommst jetzt mit rein, und wir machen uns eine Tasse Tee. Und dann kriegst du die Kartoffeln. Du tust uns einen Gefallen damit. Und dann gucken wir noch schnell in unseren Schrebergarten. Da schneide ich dir einen schönen Frühlingskohl ab. Mein Joe liebt so einen saftigen Kohl. Ich wette, dein Vater auch.«

Sie nahm ihr die Henkel der Einkaufstasche aus der Hand und zog sie dabei an den Fingern. »Komm jetzt, dein Bruder ist da drüben gut aufgehoben.«

In der kleinen Küche, die genauso aussah wie die ihre, nur kleiner, dunkler und viel mehr vollgestellt, machte Mrs. Elsom schnell den Tee. Während sie Kekse auf einen Teller mit Blümchenmuster legte, redete sie unentwegt mit sich selber. Jan schwieg dankbar. Ihre Gedanken wanderten zu Pete. Mit den Männern war es komisch. Erst hatte sie ihn hängenlassen. Sie hatte wegen ihres Kummers keine Lust gehabt, ihm zu antworten. Als sich dann Sharon an ihn heranmachte, wollte sie wegen eines Jungen keinen Streit anfangen. Sie hatte auch nichts gesagt, weil sie nicht verstand, daß überhaupt jemand mit ihr ausgehen wollte. Plötzlich sah sie sich selber, wie andere sie sehen mußten – rotes, fliegendes Haar, eine Nase, die wie eine Gallionsfigur hervorragte, ein schwerer, beim Laufen schaukelnder Busen und lange, staksige Beine in klappernden Schuhen. Ob Männer sich manchmal auch selber betrachteten und sich fragten, was Mädchen in ihnen wohl sahen? Pete schien zu wissen, daß er gut aussah. Vielleicht war es ihm auch egal. Männer interes-

sierten sich eben für andere Sachen, während sich Mädchen immer nur mit sich selbst beschäftigten.
»Das war ja ein tiefer Seufzer, Jan. Langweile ich dich mit meinem Gerede?« fragte Mrs. Elsom und stellte ihre Tasse hin. »Komm, wir gehen jetzt in den Schrebergarten. Es ist gerade erst fünf. Da haben wir noch viel Zeit. In zehn Minuten sind wir da.«
Die Schrebergärten lagen hinten bei der Eisenbahnlinie und zogen sich bis an den Fluß hinunter. Eine Seite der Anlage wurde von einem Graben mit Bäumen begrenzt. Ganz unten im Schatten dieser Bäume hatten die Elsoms ihren Garten.
»Vieles wächst hier unten nicht so besonders. Dafür halten die Bäume und Büsche den schlimmsten Frost ab.«
Als sie den schmalen Weg neben den Gärten entlanggingen, raschelte es in dem dicht bewachsenen Graben. Jan sprang zur Seite.
»Kaninchen«, erklärte Mrs. Elsom. »Mein Joe verspricht mir immer eins zum Mittagessen. Aber ich sage, dazu bist du viel zu langsam. In Wirklichkeit hat er ein zu weiches Herz. Kann nicht einmal den Tauben etwas tun, die mehr vom Kohl haben als wir.«
Die alte Frau bückte sich und schnitt mit dem kleinen Messer, das sie aus der Tasche gezogen hatte, zwei dicke Kohlköpfe ab, die sie Jan gab.
»Oh, mein Rücken«, stöhnte sie beim Aufrichten und kniff die Augen zusammen. »Glaub mir, an manchen Tagen spielen hier unter den Bäumen nicht nur die Kaninchen. Du würdest dich wundern, was sich hier tut und wer dabei ist. Nur keine Namen nennen und sich ja nicht da reinmischen, sagt mein Joe, doch es wäre schon gut, wenn da einige Leute ein Auge drauf hätten.«
Sie gingen langsam zurück. Jan klopfte bei der Nachbarin an die offene Haustür.
»Komm rein«, rief diese aus der Küche.

Sie sah Kev mit angezogenen Beinen auf einem kaputten Sessel hocken. Sein Blick klebte am Fernseher. Die beiden Söhne der Nachbarin, älter als Kev, musterten sie von oben bis unten. Die Nachbarin saß mit Lockenwicklern und einer Zigarette im Mund am Küchentisch. Ihre Füße hatte sie auf einen Hocker gelegt.

»Ach, du bist es, Jan. Ich dachte, es sei dein Vater. Er schaut jetzt ab und zu mal rein. Aber heute muß er wohl wieder lange lernen. Sie nehmen ihn wohl tüchtig ran in seinem Fortbildungskursus?«

»Kevin, es wird jetzt Zeit für dich«, sagte Jan scharf, worauf sich sein Gesicht mürrisch verzog.

»Ach, laß das arme Lamm den Film doch noch zu Ende sehen. Es ist ja gleich Schluß. Sollen sie doch ihren Spaß haben, solange es noch welchen gibt.« Sie stand auf. »Aber wenn du den Quatsch nicht sehen magst, setzen wir uns doch nach nebenan.«

Das Wohnzimmer war ziemlich teuer eingerichtet, aber kalt, weil es nie benutzt wurde. Auf dem Sofa lagen ein Laken und eine Wolldecke. Mit einer schnellen Bewegung fegte die Nachbarin Decke und Laken herunter und warf sie hinter einen Sessel. Dann lächelte sie Jan keß an. »Nach dem Essen lege ich mich manchmal ein bißchen hin.« Sie setzte sich und winkte Jan zu sich her. »Ich darf doch Jan zu dir sagen? Wir kennen uns doch jetzt schon ein bißchen besser. Und du nennst mich Sandra, das macht alles viel leichter.«

Mit hochgezogenen Augenbrauen betrachtete sie Jan. »Du denkst wohl, ich bin hinter deinem Vater her?«

Jans Mund öffnete sich, ohne daß ein Wort herauskam.

»Möchtest du etwas trinken?« fragte Sandra. »Ich habe einen guten Sherry. Da kenne ich nämlich einen Vertreter ...«

Jan schüttelte den Kopf.

»Also, ich mag deinen Vater schon ganz gern. Weshalb auch nicht? Du denkst natürlich, ich bin alt wie Methusalem, nicht

wahr? Wenn du es genau wissen willst, bin ich sechsunddreißig, und dein Vater ist siebenunddreißig. Und ich weiß noch einiges mehr über ihn. Er hat mit meinem Frank bei Bonner am gleichen Montageband gearbeitet. Wir sind hier zuerst hergezogen, und später seid dann ihr gekommen. Ich habe immer eine Schwäche für deinen Vater gehabt, doch ich glaube nicht, daß er es je gemerkt hat, damals jedenfalls nicht. Jetzt ist es ja vielleicht anders. Aber ich bin immer sehr vorsichtig gewesen, weil ich mit Val, deiner Mutter, keinen Ärger haben wollte.
Mein Frank war natürlich nicht so rücksichtsvoll. Daß er Val mochte, wußte die ganze Welt. Er besaß soviel Takt wie ein Elefant im Porzellanladen. Hinter jedem Rock ist er her gewesen. Und egal, wo er sich jetzt auch herumtreibt, dasselbe Schwein ist er bestimmt immer noch. Meistens hat er ja auch gekriegt, was er wollte.«
Sandra machte eine Pause und schaute Jan kurz von der Seite an. Die blickte schweigend zurück, und Sandra fuhr fort: »Aber bei deiner Mutter hat er seine Zeit verschwendet. Die wollte nichts von ihm wissen. Die einzigen, die also damit Probleme hatten, waren dein Vater und ich. Es war ein großer Fehler, so Tür an Tür zu wohnen, habe ich immer gedacht. Ich will damit sagen, daß man gute Freunde bleiben kann, wenn man ein bißchen weiter voneinander weg wohnt. Hockt man aber aufeinander, geht es eben so oder so. Zum Schluß haben wir nicht einmal mehr miteinander gesprochen, sogar als mein Frank abgehauen war. Ich glaube, deine Mutter hat den einen von uns für genauso schlecht gehalten wie den anderen. Und vielleicht hatte sie auch recht. Jedenfalls habe ich ein paar Sachen gelernt, seit er weg ist.«
Sie schlug die Beine übereinander und setzte sich auf dem Sofa zurecht. Jans Schweigen schien sie als Aufforderung zu nehmen weiterzureden.
»Mitten in der Nacht ist er abgehauen, ohne ein Sterbens-

wörtchen vorher zu sagen. Das ganze Geld, das im Haus war, alle unsere Koffer und sogar ein paar Kleider von mir hat er für sein neues Vögelchen mitgenommen. Wenn er gekonnt hätte, hätte er mich hier rausgesetzt. Da hatte er sich aber geschnitten. Ich habe schließlich die Hypothek abbezahlt, und das Haus ist auf meinen Namen geschrieben. Und solange ich die Raten bezahle, kriegt mich selbst der Teufel persönlich hier nicht raus.

Da steht meine beste Freundin«, sagte sie und zeigte auf einen Tisch in der Ecke mit einer zugedeckten Nähmaschine darauf. »Mit der hole ich in drei Tagen mehr raus, als die meisten von diesen armen Schweinen bei Cartwright in einer ganzen Woche zusammenbringen. Ich habe mein eigenes Haus, ich habe mein eigenes Geld, der Rest ist mir schnuppe.« Sie beugte sich vor. »Ich will dir mal was sagen, Jan. Mach damit, was du willst. Die Männer können tun und lassen, was sie wollen, weil sie dafür bezahlen. Sie kommen und gehen, wie sie Lust haben, und wir dummen Gänse sitzen brav zu Hause und warten auf sie. Ich mache es jetzt so wie sie. Wenn ich will, hole ich sie mir herein, und wenn ich nicht mehr will, zeige ich ihnen die Tür. Wenn ihnen das nicht paßt, sollen sie hingehen, wo der Pfeffer wächst. Ich nehme, was sie haben, und ich nehme alles, was ich kriegen kann. So läuft der Hase.«

Es klopfte an der Haustür. Sandra stand auf und strich sich die Haare zurecht. »Das wird dein Vater sein, Jan. Kevin, komm jetzt.«

9.

Ein angenehmes Gefühl von Wärme und Erregung, das jeden Tag etwas stärker wurde, bis es schließlich ihren ganzen Körper ausfüllte, begleitete Jan durch die Woche. Wenn sie nach der Schule die Gorse Lane entlanggging, ertappte sie sich manchmal dabei, daß sie auf einem Bein über das Pflaster hopste. Dann blieb sie stehen und schaute sich um, ob jemand sie beobachtet hatte. Aber das wäre auch egal gewesen. Vor ein paar Wochen hatte sie sich von einem Tag zum anderen geschleppt, immer nur in der Hoffnung, daß niemand die arme Jan bemerken und niemand etwas über sie erfahren würde. Jetzt wußte sie, daß alle es wußten. Sie war Jan, das Mädchen aus der zerrütteten Familie, dessen Mutter davongelaufen war. Arme Jan, armes Ding. Und ihr war es so egal! Sie wußte jetzt eine Menge mehr, als sie noch im letzten Monat gewußt hatte. Sie ging mit Pete Carey. Und wenn es euch nicht paßt ...

Als eine Frau, die einen Kinderwagen mühselig die Straße entlangschob, sich plötzlich umdrehte, merkte sie, daß sie laut gesprochen hatte. Wie ein kleines Mädchen rannte sie los, an der in der Dämmerung kaum erkennbaren Mauer des Altersheimes vorbei, und holte erst wieder Atem, als sie in die dunkle Vertrautheit der eigenen Straße eingetaucht war. Sie blieb kurz stehen, ihr Herz raste. Das Auto stand vor dem Haus. Vater war früh nach Hause gekommen.

War er nebenan? Weshalb auch nicht? sagte sie sich achselzuckend. Sie hatte fast schon wieder laut gesprochen. Aber es saß doch wie ein Stachel in ihr. Dann fiel ihr ein, daß ja Donnerstag war und Vater wegen Kev bei der Lehrerin in der

Schule gewesen war. Sie mußte es sich abgewöhnen, immer gleich voreilige Schlüsse zu ziehen. Vor der Haustür blieb sie einen Augenblick stehen. Ein Familienkrach war das letzte, was sie bei ihrer Gemütsverfassung brauchen konnte.
Sie ging an der Haustür vorbei die Straße hinunter, ließ die Ladenzeile hinter sich und bog in eine Seitenstraße ein, die zum Fluß hinunterführte. Der Himmel über ihr war blau, der Tag war warm gewesen, wenn auch jetzt ein kühler Wind vom graubraunen Wasser heraufwehte. Tief atmend schlenderte sie am Ufer entlang, den Fluß zur einen, die Schrebergärten zur anderen Seite. Als sie zu dem Graben mit den Bäumen kam, an dem Elsoms Garten lag, hörte sie es im Gras rascheln.
Kaninchen? Seit Jahren hatte sie keines mehr gesehen. Sie stellte ihre Schultasche ab und schlich auf Zehenspitzen zu den Büschen hinüber.
Und blieb stehen.
Ein paar Schritte von ihr entfernt lag neben einem Grasbüschel eine blaue Handtasche, als hätte sie jemand dort fallen lassen. Eine ziemlich elegante Tasche, dachte Jan. Wahrscheinlich war eine Adresse drin, so daß sie sie zurückgeben konnte. Sie bückte sich, wollte sie aufheben, zögerte dann aber – halb vornübergeneigt, Augen und Mund weit aufgerissen. Die Tasche hatte einen langen, blauen Lederriemen, in dessen Schlaufe sich die Finger einer Frau verhakt hatten, dünne, weiße Finger mit zwei steinverzierten Ringen auf dem Ringfinger.
Angstvoll zuckte Jans Hand zu ihrem Mund. Eine Leiche? Dann krümmten sich die Finger, spannten und streckten sich, bewegten sich zur Seite und zogen die Handtasche mit sich. Das raschelnde Geräusch in den Büschen wurde immer lauter. Es flüsterte und kicherte.
Als Jan die zwei oder drei Schritte zu ihrer eigenen Tasche zurückging, hörte sie eine ängstliche Frauenstimme sagen:

»Still, da kommt jemand.«
Worauf eine heisere Männerstimme fluchte: »Halt die Klappe. Du bringst mich aus der Reihe!«
Sie riß ihre Tasche an sich und rannte, an ihrem Gelächter fast erstickend, davon. In sicherer Entfernung lachte sie hemmungslos, bis ihr die Tränen die Wangen hinunterliefen und aus dem Lachen ein Schluckauf wurde. Sie blieb stehen, lehnte sich in der nächsten Straße an eine Mauer und holte tief Luft, um wieder zu sich zu kommen. Die Stimmen waren unverkennbar gewesen. Sie gehörten der Kassiererin und dem Manager vom Supermarkt. Und dabei war heute ein langer Verkaufstag. Sie mußten sich herausgeschlichen haben, währenddessen ein Mädchen vom Feinkoststand sie an der Kasse vertrat. Wenn sie vor Feierabend noch einkaufen ginge, würde sie die gnädige Frau wieder dort sehen, wie sie sich übers Haar strich und zum Zeitvertreib mit den Kunden den neuesten Klatsch austauschte.
Jan beglückwünschte sich. Sie würde sich mit Pete köstlich darüber amüsieren. Oder vielleicht doch lieber nicht? Kannte sie ihn gut genug für solch eine Art Spaß? Man konnte nie wissen, wie Menschen reagieren. Siehe die Dame vom Supermarkt.
An ihrer Straßenecke blieb sie stehen. Die Frau war älter als Mutter, dachte sich aber nichts dabei, es mit ihrem Liebhaber draußen zu treiben. Bevor sie es sich verbieten konnte, schoß ihr ein Bild von Mutter durch den Sinn, nicht das Bild der Mutter, die sie gekannt hatte, sondern das einer Frau, die andere Kleider trug, am Arm irgendeines Mannes durch eine Seitenstraße ging, schnell einen Blick hinter sich warf, ehe sie ihre Schritte beschleunigte und dann im Handumdrehen verschwunden war. Mutter ohne Kev, ohne Papa, ohne Jan, eine Frau mit einem Mann, irgendeinem Mann, eben eine Frau ... So deutlich war das Bild, daß die Straße einen Moment vor ihren Augen verschwand und sie nicht wußte,

wo sie war. Benommen lehnte sie sich an eine Mauer. Dann sah sie einen Meter von sich entfernt die eigene Haustür.
Vater und Kev guckten sich im Wohnzimmer die Kindersendung an. Kev hatte ein großes Eis in der Hand, das er sich ständig in den Mund stopfte. Der Vater trank eine Tasse Tee. Als er sie an der Tür hörte, kam er heraus. »Da ist noch Tee für dich in der Kanne, Jan.«
Er setzte sich zu ihr in die Küche, als sie sich eine Tasse eingoß, und schloß die Tür. »Die Lehrerin hält Kev für sehr gestört«, sagte er ruhig.
»Nicht weiter verwunderlich«, antwortete sie schulterzukkend.
»Sie meint, er staut zu Hause alles auf und läßt es in der Schule raus. Scheint ein richtiger kleiner Satan zu sein.«
»Und was sollen wir dagegen tun, Papa? Er will seine Mutter haben und kriegt sie nicht. Genau wie ich.«
Er schaute sie einen Augenblick mit zusammengekniffenen Lippen an. »Ja, Jan, aber wir müssen irgendwie damit fertig werden. Vor allem müssen wir dafür sorgen, daß Kev nicht allein im Haus ist. Schon gar nicht spät abends. Wenn er schlecht träumt, wacht er auf. Das habe ich dir ja erzählt, Jan.«
»Aber er ist doch kaum allein. Einer von uns beiden ist doch meistens hier, Papa.«
»Wir müssen dafür sorgen, daß immer einer zu Hause ist«, wiederholte er und stützte sich mit der flachen Hand auf den Tisch. »Entweder du oder ich. Er ist noch zu klein, um das allein zu verkraften.«
»Papa!« schrie sie, weil es ihr plötzlich einfiel. »Morgen abend bin ich aber nicht da. Ich habe eine Verabredung ...«
Er zog die Stirn kraus. »Tut mir leid, Jan, aber Freitag ist mein Ausgehabend, das weißt du doch. Das war immer so. Es ist der einzige Abend, an dem ich in den Verein gehe. Sie haben mich schon oft gefragt, ob ich nicht auch an anderen

Abenden zum Pfeilwerfen kommen will, aber ich habe immer nein gesagt.«
»Aber, Papa«, ihre Stimme überschlug sich, »ich kann doch nicht ...«
»Du wirst es müssen, Jan. Wer es auch ist, sag ihm ab«, er sah sie scharf an, »und mach einen anderen Abend aus. Sieh mal, Jan, jeden Abend, nur nicht Freitag.«
»Das kann ich nicht.«
»Das mußt du. Du kannst nicht am Donnerstagabend von mir verlangen, daß ich meinen Vereinsabend am Freitag aufgebe.«
»Aber dann kannst du auch nicht am Donnerstagabend verlangen, daß ich meine Verabredung für Freitag rückgängig machen soll.«
»Kann dein Freund denn nicht hier eine Tasse Tee mit dir trinken?«
»Nein, das geht nicht.«
»Weshalb denn nicht? Also, Jan, künftig werden wir Anfang der Woche alles besprechen. Aber dieser Freitag ist mein freier Abend.«
Sie rannte aus der Küche und trampelte die Treppe hinauf. Dann riß sie sich den Mantel herunter, schleuderte ihn quer durchs Zimmer und warf sich aufs Bett. Verdammter Kev! Verdammter Vater. Sie wollte gerade »verdammte Mutter« schreien, hielt aber inne, weil sie es einfach nicht über die Lippen brachte.
Es klopfte an der Tür. Es war Vater. »Hör zu, Jan, ich bin ja bereit, freitags mit dir zu tauschen, wenn du es mir vorher sagst. Aber nicht so.«
»Ach, laß mich in Ruhe«, schrie sie und genoß ihre Lautstärke, »laß mich bloß in Ruhe.«
»Jan«, sagte er nach kurzem Schweigen so sanft wie zu einem kleinen, ungezogenen Mädchen.
Sie kam mühsam vom Bett hoch und riß die Tür auf. »Spar dir

deine Worte!« schrie sie ihm dann ins erstaunte Gesicht und schmiß die Tür wieder zu.
Sie warf sich erneut aufs Bett und wartete auf seine wütende Antwort. Doch es kam kein Wort. Sie hörte ihn nur auf Zehenspitzen in sein Zimmer gehen.

Am nächsten Tag überlegte sie sich auf dem Schulweg, wie sie es Pete beibringen könnte. Was würde er sagen? Ihn einmal hinzuhalten, mochte ganz clever erschienen sein, aber ihn ein zweites Mal hängenzulassen, da hörte der Spaß auf. Und damit wäre dann auch alles zu Ende, was ihr seit Monaten zum ersten Mal wieder ein gutes Gefühl gegeben hatte.
Pete war nicht da. Ein freundlicher und ziemlich neugieriger Typ aus der Sechsten sagte ihr, daß er den ganzen Tag noch nicht aufgetaucht wäre. »Nimm es nicht tragisch«, meinte er grinsend. »So macht er es immer mit seinen Tanten.«
Sie machte kehrt und rannte so schnell über den Hof, als wollte sie die Worte damit auslöschen. In der Mittagspause ging sie zum Telefon an der Straßenecke. Es schien ausnahmsweise zu funktionieren, aber da wartete eine lange Schlange. Nachmittags lief sie zwischen zwei Schulstunden noch einmal hin und blätterte hektisch im Telefonbuch. Es gab vier Careys. Bei der ersten Nummer antwortete eine alte Frau, taub wie ein Zaunpfahl. Die zweite meldete sich nicht. Die beiden nächsten waren besetzt. Wütend warf sie den Hörer auf die Gabel.
Als sie zur Schule zurückhastete, lief sie Miss Maudesley vor der Klassentür in die Arme und murmelte schnell eine Entschuldigung in ihr verblüfftes Gesicht. Der Nachmittag zog sich endlos in die Länge. Sie hörte nichts vom Unterricht, und die Wörter in ihren Büchern ergaben keinen Sinn. Kopf und Gesicht wurden so heiß und rot, als hätte sie Grippe. Ihre Zähne kauten auf der Unterlippe herum, bis sie wund war.

Nach der Schule stand wieder eine Schlange vor der Telefonzelle. Wütend vor Ungeduld rannte sie die Gorse Lane hinunter und hätte dabei am Schultor fast zwei Mädchen über den Haufen gerannt.
»Du kannst dir doch denken, was mit der los ist?«
Aber sie war schon mit offenem Mantel, fliegenden Füßen und klopfendem Herzen vorbei und auf der Straße. Noch im Laufen fummelte sie den Haustürschlüssel aus der Tasche, ließ ihn in den Rinnstein fallen, bückte sich fluchend, sammelte ihn auf, stürzte ins Haus und ließ die Tür an die Wand knallen. Und wieder suchte sie im Telefonbuch nach den Careys. Und wieder wählte sie die drei Nummern und gab der alten, tauben Dame Anlaß zu allerlei Vermutungen. Zwei meldeten sich. Einer knurrte »falsch verbunden« und legte auf. Der andere war ein Verwandter, der ein bißchen plaudern wollte, schließlich aber bestätigte, daß die vierte Nummer die von Pete war. Aber da meldete sich niemand. Sie rief wieder und wieder an, in ihrer Verzweiflung alle fünf Minuten.
Als Kevin kam, stand sie immer noch im Mantel neben der offenen Haustür und umklammerte den jetzt schweißnassen Hörer. Endlich gab sie auf und bereitete das Abendessen vor. Dann kam Vater nach Haus und legte ohne ein Wort zu sagen eine Schachtel Pralinen neben ihr auf den Tisch. Sie sah ihn nicht an, und so beendeten sie die Mahlzeit, ohne miteinander gesprochen zu haben.
Nachdem sie noch einmal versucht hatte, Pete anzurufen, zog sie sich nach oben in ihr Zimmer zurück, um zu lernen. Kurze Zeit später kam Vater die Treppe herauf und ging in sein Zimmer. Schubladen wurden aufgezogen und geschlossen, die Kleiderschranktür knarrte. Sie hörte ihn pfeifen, unmelodische Blastöne, wie ein kleiner Junge sie beim ersten Versuch produziert. Er hatte offenbar gute Laune. Wollte er sich mit jemandem treffen? Was mochte Mutter jetzt wohl

gerade tun? Ob sie sich auch gerade anzog und zum Ausgehen fertig machte? Wo lebte sie? In einem Haus (seinem Haus), einer Wohnung oder in einem Zimmer? Fühlte sie sich wohl? Dachte sie an sie?
»Benimm dich anständig«, rief Vater Kev von der Treppe aus zu. »Im Wohnzimmer liegt eine Tüte Popcorn, die kannst du beim Fernsehen vernaschen. Und dann gehst du ins Bett, wenn Jan es dir sagt. Angst brauchst du nicht zu haben, Jan bleibt den ganzen Abend bei dir.«
»Woher weiß ich denn, daß sie nicht weggeht?« kam Kevs Stimme kläglich zurück. »Sie hat dauernd telefoniert.«
Jan stürzte wütend aus dem Zimmer. »Schluß jetzt!« hörte sie dann ihren Vater energisch sagen. Und dann rief er: »Jan, ich gehe jetzt. Bis nachher ...«
Sie biß sich auf die Zunge, um nicht ›viel Vergnügen‹ zu sagen. Dann klappte die Tür, das Auto sprang an, und weg war er. Aus dem Wohnzimmer kam das Geräusch des Fernsehers. Sie lief auf den Flur und wählte noch einmal die Nummer. Diesmal war besetzt. Aufgeregt versuchte sie es wieder und wieder. Schließlich kam sie durch. »Pete?«
»Nein, hier ist Mrs. Carey. Tut mir leid, Pete ist nicht da. Mögen die Götter wissen, mit wem er wohin gegangen ist.« Sie kicherte, und Jan biß die Zähne zusammen. »Ich kann nicht einmal die Hälfte ihrer Namen behalten. Soll ich ihm etwas ausrichten? Ihm sagen, wer angerufen hat? Ist gut, mehr Glück beim nächsten Mal.«
Völlig aufgelöst rannte Jan die Treppe halb hinauf und dann wieder hinunter in die Küche. Sie nahm die Pralinen und ging in ihr Zimmer. Auf dem Fußboden kniend, grub sie einen Stoß Heftchen mit Schulgeschichten aus, die sie seit ihrem zwölften Lebensjahr nicht mehr angeguckt hatte, und begann zu lesen. Mechanisch steckte sie eine Praline nach der anderen in den Mund. Als die Schachtel leer war, ging sie in die Küche hinunter, öffnete den Kühlschrank, nahm eine

Dose Bier heraus und zog sich wieder in ihr Zimmer zurück. Eine Stunde verging damit, daß sie am Bier nippte, die Seiten umblätterte, einen Stapel zur Seite legte und einen neuen nahm.
Mit der Tagesschau änderte sich das Geräusch des Fernsehers. Sie schaute auf die Uhr und rief etwas zu Kevin hinunter. Keine Antwort. Fest schlafend, das Gesicht auf der zerknautschten Popcorntüte fand sie ihn vor. Wie einen Sack Kartoffeln nahm sie ihn hoch und schleppte ihn nach oben. Dort fuhr sie ihm mit dem Waschlappen übers Gesicht und legte ihn schnell ins Bett. Der Abend war schon fast vorbei. Unten stellte sie ein anderes Programm ein, um sich einen Krimi anzusehen. Ihre Augen brannten, und sie schloß sie halb.

10.

»Heute abend gibt es was fürs Herz, guten Abend, meine Damen und Herren ...« Durch das Fenster im Wohnzimmer klang die spöttische Nachahmung einer Fernsehansage. »Und wir hoffen, daß es Ihnen gefällt, wenn wir uns jetzt ein wenig um Ihre Seele kümmern. Jetzt ist nämlich Seelenkuchen-Zeit ...«

Es klopfte an der Haustür.

»Fol-i-dee, fol-i-di-, foli-iddle-i-do«, sang die Stimme jetzt mehr laut als schön.

Jan sprang ärgerlich auf und öffnete die Tür. Draußen, mit zum Klopfen ausgestreckter Hand, den Mund zum Singen weit aufgerissen, Kragen offen über dem gelockerten Schlips, das schwarze Haar über die frechen Augen geweht, stand Pete.

»Pete!« Sie packte ihn am Ärmel und zog ihn ins Haus. »Du brüllst ja die halbe Straße zusammen.«

Sie standen im Flur eng nebeneinander. Er küßte sie. Sie drängte sich glücklich an ihn. Er küßte sie wieder, länger und hungriger, so heftig, daß es ihr den Atem verschlug. Sie stieß ihn weg und machte die Haustür zu. Sie sahen sich an. Sein Gesicht war gerötet. Er hatte getrunken, bemerkte sie, wenn sie es auch an seinem Atem wegen des Biers, das sie selber getrunken hatte, nicht spürte. Sie führte ihn durch den Flur in die Küche. Warum sie das tat, wußte sie nicht – vielleicht aus instinktiver Vorsicht. Er schien nichts dabei zu finden, war aufgekratzt und nahm nichts übel.

Sie ließ ihn am Küchentisch Platz nehmen und setzte den Kessel auf. Er stützte die Ellbogen auf den Tisch. Während

sie hin und her ging, schaute er sie an, als sehe er sie nur verschwommen. Sie stellte die Tassen hin, goß den Tee ein und setzte sich zu ihm.
»Pete, es tut mir leid.«
»Ich werde diese fünf Wörter ›Pete, es tut mir leid‹ für alle Ewigkeit festhalten.«
»Ach, halt die Klappe.« Die Erleichterung machte sie aggressiv.
»Ich werde auch diese vier Wörter ›Ach, halt die Klappe‹ für alle Ewigkeit festhalten. Die Klappe halt. Die Halt klappe. Klappe die Halt.«
»Hör auf, Pete. Jetzt reicht's.«
Er hörte auf und fragte ganz nüchtern: »Wo bist du gewesen?«
»Ach, Pete, ich habe den ganzen Tag versucht, dich zu erreichen.« Sie erklärte ihm die Geschichte mit dem Telefon.
»Mutter flippt manchmal ein bißchen aus«, meinte er grinsend. Dann rückte er mit seinem Stuhl auf ihre Tischseite, legte seinen Arm um sie und griff dabei unter ihrem Arm hindurch. Sie wich ihm aus. Darauf änderte er seine Taktik, nahm ihr Gesicht zwischen seine Hände und küßte sie gierig.
»Du stößt gleich meinen Tee um.«
Er nahm seine Tasse hoch und trank einen großen Schluck.
»Ich gebe ja zu, daß ich gedacht habe – Jan läßt mich wieder hängen. Will mich aushungern. Und ich saß da und trank diesen Scheißkaffee, bis sich meine Eingeweide umdrehten. Dann bin ich in die Kneipe gegangen.«
»Aber, warum hast du nicht angerufen?«
»Ich dachte, ich würde noch einmal einen Korb kriegen.«
»Pete!«
»Dann habe ich gedacht, ich geh jetzt hin und bring sie total aus der Fassung.«
»Das ist dir nicht gelungen.«
»Ich dachte schon.«

»Du bist verrückt.«
»Aber trotzdem gutaussehend, nicht wahr? Komm, laß uns nach vorn ins Zimmer gehen.«
Auf dem Sofa zog er seine Jacke aus, nahm den Schlips ab und zog sie zu sich heran. Seine Hände waren sanft, doch sie spürte, daß er auch hart und brutal sein konnte. Sie ließ sich küssen, war aber mit den Gedanken woanders. Nach einer Weile gab er sie frei.
»Tut mir leid, Pete. Aber ich hatte heute so einen mistigen Tag.«
Er nickte.
»Sag mal, Pete, können wir nächste Woche nicht einen anderen Tag ausmachen? Freitags geht's bei mir nie.«
»Nein, meine Süße«, sagte er mit vorgeschobener Unterlippe und eigensinnigem Gesicht, dann lächelte er schlau. »Aber ich könnte doch herkommen, oder?« Er blickte sie schnell an. »Ich gehe auch nicht vorher in die Kneipe. Das verspreche ich dir. Und wenn du willst, helfe ich dir bei den Schularbeiten. So ein bißchen, jedenfalls.« Er zog die Augenbrauen hoch.
»Würdest du das wirklich tun, Pete?«
Er lächelte über ihren Eifer. »Ja, was bleibt mir denn anderes übrig?«
Vielen Dank, Pete. Du bist lieb.«
Sie kuschelte sich in seine Arme und küßte ihn. Die Erleichterung machte sie schläfrig. Dann fiel ihr Blick auf ihre Armbanduhr, und sie sprang auf.
»Mein Vater kann jeden Augenblick kommen.«
»Schnell, die Hintertür, das Fenster, der Balkon, eine Strickleiter. Draußen wartet mein Pferd!« schrie er. Dabei rannte er wild gestikulierend im Zimmer umher, und sie wollte sich ausschütten vor Lachen. Dann verabschiedete er sich ruhig, gab ihr einen freundschaftlichen Kuß und meinte: »Du bist ein komisches Mädchen, Jan.«
Langsam und glücklich stieg sie die Treppe hinauf, zog sich

aus und legte sich ins Bett. Kaum hatte sie die Decke über sich gezogen, war sie auch schon eingeschlafen.
Kurz darauf wachte sie auf. Das Licht brannte, die Tür war offen. Vater stand auf der Schwelle, eine Hand am Türpfosten, in der anderen hielt er etwas. Schlaftrunken sah sie, daß es Petes Schlips war.
Ihr Vater sagte etwas zu ihr, doch sie erfaßte nicht, was es war. Seine grauen Augen starrten sie dunkel aus seinem weißen Gesicht an. Als sie ihn endlich verstanden hatte, kroch sie aus dem Bett und schlang die Decke um sich herum.
»Das ist Petes.«
»Wer ist Pete?«
»Pete Carey. Aus der Schule. Mit dem ich mich heute abend treffen wollte. Ich konnte ja aber nicht.«
Die Erinnerung an ihren Streit machte ihn noch wütender. »Ach so, da hast du ihn dir hierher bestellt?«
»Nein, er kam von selbst, um zu hören, weshalb ich nicht gekommen bin.«
»Aha, deshalb ist er gekommen. Darüber sprechen wir noch. Wie ist seine Telefonnummer?« Er drehte sich um und wollte die Treppe hinunter. Seine Bewegungen waren unsicher.
Jan hörte ihre eigene Stimme, fest und kühl: »Hör jetzt auf, Papa. Es ist nach Mitternacht.«
Er drehte sich wieder um. Seine Finger rutschten am Türpfosten ab. »Weißt du überhaupt, mit wem du sprichst? Was denkst du dir eigentlich? Holst dir einen Freund ins Haus, der seine Kleider hier verstreut ...«
Kalte Wut hatte sich in ihr festgefressen. »Papa, im Vorderzimmer war es reichlich warm. Da hat er seinen Schlips abgenommen und ihn hinterher vergessen. Tut mir leid, morgen kriegt er ihn zurück.« Sie griff nach dem Schlips, aber ihr Vater zog ihn zurück.
»Es ist nichts passiert, Papa. Wenn du nicht darauf bestanden hättest, in deinen Verein zu gehen, hätte ich den ganzen

Abend mit irgend jemand irgendwohin gehen können, ohne daß du was davon gewußt hättest. Also, viel Lärm um nichts. Und ich bin todmüde und hätte gern ein bißchen Schlaf.« Sie setzte sich aufs Bett, als wollte sie die Bettdecke über sich ziehen. Er trat einen Schritt näher auf sie zu. »Du bist noch nicht erwachsen, meine Liebe. Und es geht nicht alles nach deinem Willen, nur weil deine Mutter nicht da ist.«

Sie sprang vom Bett auf. »Da hast du vollkommen recht, es geht nichts nach meinem Willen! Es geht nach jedem anderen Willen, nur nicht nach meinem. Kev muß sein Frühstück und sein Abendbrot bekommen, nachts muß ich ihm die Hand halten, du brauchst dauernd deinen Tee, dein sauberes Hemd und sonntags dein schönes Essen mit Großmutters köstlichem Apfelauflauf. Ihr beide kommt einfach heim, und dann ist das Haus natürlich aufgeräumt.« Sie machte eine Pause, um Luft zu holen. »Und obendrein soll ich die Prüfungen bestehen und ein liebes, kleines Mädchen sein.«

Da unterbrach er sie, und die Worte sprudelten nur so aus ihm heraus. »Das ist nicht meine Idee gewesen. Das war die Idee deiner Mutter.«

»Was meinst du?« Sie verstand ihn nicht.

»Es war die Idee deiner Mutter, daß du die O-Prüfung machen und dann in die sechste Klasse gehen sollst. Ich hatte immer damit gerechnet, daß du mit sechzehn abgehen würdest. Aber sie hatte große Pläne mit dir und mit sich selber auch«, fügte er fast flüsternd hinzu. Dann fuhr er laut fort: »Also bilde dir nicht ein, daß du mir einen Gefallen mit der Prüfung tust. Von mir aus kannst du diesen Sommer abgehen.«

»Ja, natürlich«, wollte Jan sagen, »und meine Zeit damit verbringen, für dich und Kev in den Waschsalon zu rennen.« Doch sie konnte die Worte nur denken, alles was herauskam, war: »Ja, natürlich.«

Er strich sich mit der Hand über die Stirn, als hätte er

Schmerzen. »Das kannst du aber machen, wie du willst«, sagte er dann so ruhig, als sei er nur heraufgekommen, um ihre Schulangelegenheiten zu besprechen. Danach drehte er sich um und machte das Licht aus. »Gute Nacht.«
»Gute Nacht.«
Er blieb einen Augenblick stehen, als würde er sich plötzlich wieder an etwas erinnern. »Aber paß bloß auf!«

11.

Vater sprach nicht mehr von Pete, und er war in den nächsten Tagen sehr lieb und höflich zu Jan. Sein Ton hatte sich geändert. Es war nun, als ob er sich mit einer Gleichaltrigen unterhielte. Wenn sie abends eine Tasse Tee zusammen tranken, erzählte er ihr von seinen Kollegen im Fortbildungskurs und von kleinen Zwischenfällen. Bei der Lösung seiner Probleme schien er ihre Zustimmung zu suchen. Er erzählte ihr mehr, als er ihrer Mutter erzählt hatte. Auf den Freitag kam er nicht mehr zurück. Darüber bestand ein stillschweigendes Übereinkommen. Freitag war sein Vereinsabend, und sie blieb zu Haus und paßte auf Kev auf. Wenn Kev im Bett lag, kam Pete, und er ging, ehe Vater nach Hause kam. Jeden Freitag wurde es später, und Pete blieb immer länger. Es hatte sich so eingespielt. Wenn sie in der Schule in die Garderobe ging, fand sie einen Zettel in der Manteltasche: »Freitagabend ist Seelenkuchen-Zeit.« Oder wenn sie spät nachmittags in der Bibliothek saß, klopfte es ans Fenster, und sie sah Petes Mund das Wort »Freitag« formen.
Bald brauchten sie sich nicht mehr mit Worten zu verständigen. Sobald Kev gewaschen im Bett lag, wählte sie Petes Nummer und ließ es zweimal klingeln (nicht öfter, für den Fall, daß seine Mutter abnahm) und legte dann wieder auf. Das war das Zeichen, daß er kommen konnte. Sie saßen mit ihren Schulbüchern in der Küche, tranken Kaffee oder Tee und hörten einander ab. Dann schlossen sie, oft ohne ein Wort zu sagen, die Bücher und machten es sich im Wohnzimmer gemütlich. Später sahen sie sich wie ein altes Ehepaar einen Fernsehfilm an. Manchmal brachte er ein paar Dosen

Bier mit. Jan warf die Dosen nachher weg und beseitigte sorgfältig alle Spuren seines Besuches.
Pete spielte dann den Clown: »Reiche mir meinen Schlips. Ich darf ihn nicht vergessen. Und meinen Mantel, wenn es dir nichts ausmacht, und mein Hemd und meine ...«
»Halt die Klappe.«
»Was zeichnet Jan Whitfield vor all den Gänschen in der Gorse-Lane-Gesamtschule aus? Ist es ihr Stil, ihr viktorianischer Charme?«
Manchmal sorgte sie für Getränke. Als sie eines Freitags einen halben Karton Bier aus dem Supermarkt mitnahm, bemerkte die gnädige Frau an der Kasse mit einem auffälligen Blick auf das »Unter 18«-Schild über der Kasse: »Da es sich um einen Familieneinkauf handelt, nehme ich an, daß das seine Richtigkeit hat.«
Zu sich selber sagte Jan genüßlich: »Ja, du alte Ziege, ich werde mich in meinem Vorderzimmer heute abend nicht so kalt und unbequem vergnügen wie du auf deinem Uferweg.«
Und zu der Dame an der Kasse sagte sie dann mit einem falschen Lächeln: »Sie können ganz beruhigt sein. Wir geben heute abend eine Party.«
Jan nahm das Leben so leicht, daß es sie selber erstaunte. Unter ihrer äußeren Ruhe fühlte sie eine ständige, überschäumende gute Laune, die in Gesprächen und Antworten in der Schule schlagfertig wie immer zum Vorschein kam, aber nun manchmal ein bißchen frecher klang. Die Klassenkameradinnen kicherten dann zustimmend, und die Lehrer zogen verblüfft die Augenbrauen hoch. An manchen Tagen war sie so aufgekratzt, daß sie Scharen von Mädchen, mit denen sie früher kaum gesprochen hatte, mit ihren Geschichten unterhielt.
In einer Pause, in der sie wegen eines plötzlichen Platzregens drinnen bleiben mußten, erzählte sie die Geschichte von der Kassiererin, dem Manager vom Supermarkt und der Szene

auf dem Uferweg. Als sie sich mitten in ihrem Bericht einmal umdrehte, sah sie, daß Sharon und zwei ihrer früheren Freundinnen sie kalt musterten. Ihre Blicke reizten sie, die Geschichte mit immer neuen Einzelheiten auszuschmücken, um sie zu schockieren.
Während die Gruppe um sie herum sich vor Lachen ausschüttete, drehte Sharon sich auf dem Absatz um und entfernte sich mit ihren Begleiterinnen.
In der Stille nach dem Gelächter sagte jemand neben ihr: »Du weißt doch, was mit der los ist?«
»Was?«
Es war Tina Ellis. »Sie ist neidisch. Grün vor Neid.«

Trotz ihrer nervösen Ausgelassenheit bestand zwischen ihr und Pete eine stille Vertrautheit. Keine großen Szenen vor dem Schultor, kein Arm in Arm, kein Gerangel und Geknutsche, höchstens verstohlene Zeichen und Blicke wie bei alten Liebenden.
Eines Nachts, kurz bevor er nach Hause gehen wollte, sagte Pete: »Weißt du, was ich an dir mag?«
»Was, nur magst?«
»Ich mag deinen Stil.«
»Meinen was?«
»Du bist immer du selbst. Machst kein Theater. Nimmst die Dinge, wie sie sind, oder läßt sie. Du bist unabhängig. Ich brauche mir keine Gedanken zu machen – ist sie heute abend sauer, hängt sie mir in der Schule am Hals oder quengelt sie, weil sie ausgeführt werden will.«
»Du scheinst mit deinen früheren Freundinnen ja eine Menge Ärger gehabt zu haben.«
»Oh, ich seh dich nicht als Freundin.«
»Als was siehst du mich dann?«
»Als Jan. Ich meine, du wirst immer du sein, selbst wenn wir uns morgen nicht mehr sehen würden.«

»Ach so.« Sie wußte nicht, was sie dazu sagen sollte.
»Das mag ich an dir«, sagte er, gab ihr einen innigen Kuß, nahm seinen Mantel und ging.
Doch so feierlich wurde selten geredet. Pete spielte entweder den Witzbold, oder er war still und zärtlich. Bei ihm konnte sie sich entspannen. Sie war sie selbst oder das Selbst, das sie sein wollte: Jan ohne Sorgen, Jan ohne Probleme, Jan ohne Prüfung, Jan ohne Vergangenheit, Jan ohne Zukunft, Jan, Jan, Jan und zum Kuckuck mit der restlichen Welt.
Tief in ihrem Innern ahnte sie, daß Petes Gefühle stärker und drängender waren als ihr verschwommenes Wohlbefinden. Sie wußte es, kümmerte sich aber nicht darum. Sie ließ es zu, daß seine Erfahrung und sein Drängen sie beide vorantrieben, als säßen sie in einem Boot. Er ruderte, und sie steckte eine Hand ins Wasser und betrachtete nebenher die vorübergleitende Landschaft.
Sie bewegten sich weiter, und sie tat nichts dagegen, obwohl sie fühlte, daß die Bewegung immer schneller wurde und nicht mehr aufzuhalten war. Aber seit Mutter nicht mehr da war, hatte sie gelernt, nicht mehr an Dinge zu denken, die ihr die Laune verdarben. Der Höhepunkt war erreicht und schon überschritten, ehe es ihr bewußt wurde.
Eines Abends, als sie in seinen Armen lag, ertappte sie sich dabei, wie sie mit großen Augen in das Gesicht eines Fernsehsprechers starrte, der den Mund aufriß und schloß wie ein dicker Goldfisch in seinem Aquarium. Sie schickte ihm einen Kuß hinüber.
Bei dem Geräusch rührte sich Pete in ihren Armen. »Was ist denn los?«
Träge richtete sie ihren Blick auf ihn, auf sein Gesicht mit dem feuchten Haar, das sich auf der Stirn kräuselte. Sie konnte sehen, daß er beleidigt war. Plötzlich erinnerte er sie an Kevin, wenn er nach dem Bad am Sonnabend halbschlafend dagegen protestierte, ins Bett gebracht zu werden.

Sie fing an zu lachen. »He, Junge, habe ich dich aus der Reihe gebracht?«
Er verzog schmollend seinen Mund und sah nun wirklich aus wie Kevin, wenn er wütend war. Gerührt zog sie sein schweißnasses Gesicht an ihre Brust und strich ihm übers Haar, als wollte sie seine schlechte Laune wegstreicheln. In seinen Augen sah sie nun eine andere Stimmung, eine Begierde, die sie noch mehr berührte. Ihr Körper wurde weich, während seiner sich anspannte.
»Jan«, flüsterte er.
»Ja«, antwortete sie schläfrig.
»Ist es schön?«
»Wenn nicht jetzt, dann überhaupt nie«, hörte sie sich selber sagen, ehe sie sich davonstahl und die andere Jan bei Pete zurückließ.
Später schlich er sich aus dem Haus, und sie hatte das merkwürdige Gefühl, daß sie nun die Verantwortung für sie beide übernommen hatte. Als sie ihm nachblickte, dachte sie an Sandras Ausspruch: »Mach es genau wie sie und nimm, was du kriegen kannst.«
Aber Sandra hatte unrecht. Sie waren alle wie kleine Jungen, Vater und alle anderen. Ihnen etwas wegzunehmen, war wie kleinen Kindern Bonbons klauen.

Am nächsten Sonntag fuhr die Familie – sie begannen, sich jetzt zögernd wieder ›Familie‹ zu nennen – nach Warby.
»Meine Güte, Jan sieht aber wohl aus. Sieh dir nur die Backen an. Es scheint ihr gut zu bekommen, für ihren Vater und für Kev zu sorgen«, sagte Großmutter.
»Unsinn«, knurrte Großvater, »sie hat einen Freund.«
Vater schaute aus dem Fenster, aber Kev rief: »Ja, sie hat wirklich einen!«
Jan drohte ihm mit der Faust und lächelte dann verlegen.

Aber was sie auch sagten, nichts konnte ihre gute Laune erschüttern.

Eine neue Woche kam und ging. Die Tage flogen dahin. Pete war stiller, spielte weniger den Clown, und sie entdeckte, daß sie sich manchmal über ihn lustig machte, ihn plötzlich verärgerte und ihn dann zärtlich und bestimmt besänftigte. In einer Weise waren sie sich näher gekommen, in einer anderen hatten sie sich voneinander entfernt, so als wäre sie nun älter als er.

Als er wieder einmal schlechte Laune hatte, sprach sie, um ihn aufzuheitern, vom kommenden Pfingstsonntag und was sie zusammen unternehmen könnten. »Gönnen wir uns doch noch mal ein richtiges Vergnügen, bevor die Prüfungen über uns hereinbrechen.« Zu ihrer Überraschung wollte er nichts davon wissen.

»Wie du willst. Komm, gib mir einen Kuß.«

In der Schule hielt ihre oberflächliche Stimmung an, aber sie arbeitete zum Ausgleich härter denn je. Miss Maudesley beobachtete sie besorgt. »Versuch, dich in den Ferien ein bißchen zu entspannen, Jan. Nimm es etwas leichter. Die erste Prüfung ist ja erst am Mittwoch nach den Ferien ...«

»Ich nehme es so leicht wie immer«, antwortete sie schnippisch.

An diesem Freitag blieb Pete so lange, daß sie den Wagen ihres Vaters draußen vorfahren hörten. Es gab eine kurze peinliche Unterhaltung an der Tür, ehe Pete verschwinden konnte.

Am Pfingstsonntag verkündete Vater, daß er mit ihnen ans Meer fahren wollte. Aber Jan redete sich damit raus, daß sie den ganzen Tag lernen müßte. »Und außerdem habt ihr Männer ohne mich viel mehr Spaß.«

Vater zuckte die Schultern. Kev kicherte. »Ich weiß genau, was du vorhast.«

Sie legte den Finger auf seine Stupsnase und drückte sie breit. »Du glaubst, daß du es weißt, aber du weißt es nicht. Klar?«
Aber Kev hatte recht. Sie hing den ganzen Tag im Haus herum und tat so, als wollte sie lernen. Nachdem sie sich ihr Mittagessen vom Chinesen geholt hatte, bekam sie Lust, das Haus in Ordnung zu bringen. Sie schrubbte es vom Boden bis zum Keller, lief mit einer Ladung Wäsche in den Waschsalon und bügelte ein paar von Vaters Hemden, die sie dann demonstrativ auf seinem Bett stapelte. Dann ließ sie so viel Wasser in die Badewanne laufen, daß sie es durch das Überlaufrohr abfließen hörte, und badete genüßlich und lange. Als sie dalag und ihre langen Beine schwimmen ließ, dachte sie über ihren Körper nach. Sie fand ihn komisch, aber Pete mochte ihn, und Jan steckte in ihm, also mußte ja irgendwas dran sein.
Sie zog den neuen Rock und die Bluse an, die Mutter ihr noch gekauft hatte, kurz bevor ... Dann nahm sie etwas von dem Parfüm, das Großmutter ihr zu Weihnachten geschenkt hatte, hängte die Tasche über die Schulter und ging so lässig, wie sie nur konnte, zum Jahrmarkt auf den Jubilee Fields. Sie schlenderte eine Stunde lang über den Platz und redete sich ein, daß sie sich prächtig amüsierte. Ab und zu winkte sie einigen Schulkameradinnen zu, die mit ihren Freunden umherzogen, kreischend lachten und mit Geld um sich schmissen.
Als es schon fast dunkel war, entdeckte sie ihn schließlich bei seinen Freunden inmitten der Menschenmenge, die sich um die Catcher-Bude drängte. Sie ging auf ihn zu und hängte sich bei ihm ein.
Er starrte sie an und platzte dann heraus: »Was suchst du denn hier?«
»Dreimal darfst du raten«, konterte sie.
Seine Kumpel grinsten und boxten ihn in die Seite.
»Kommt Leute, er ist besetzt«, sagte einer, worauf sie

scherzend und schiebend in der Menge verschwanden. Einen Augenblick schwankte seine Stimmung. Dann kehrte seine gute Laune zurück. Er legte den Arm um ihre Taille und preßte sie an sich. Sie bummelten umher, dabei steuerte sie ihn sanft aber sicher an den Rand des Jahrmarktes. Er ließ sich führen, während sie unaufhörlich etwas erzählte.

In einer dunklen Seitenstraße blieb sie mit ihm an einer Wand stehen und küßte ihn hungrig.

»Hast du kein Mittagessen gehabt?« fragte er mit zitternder Stimme.

»Doch. Das ist der Nachtisch. Du kennst doch die gefährliche Jan.«

Sie hängte sich wieder bei ihm ein, und sie gingen weiter die Straße entlang, wobei sie ihn entschlossen zum Fluß und zum Uferweg lenkte. Die Nachtluft war warm, und aus dem ausgetrockneten Graben neben den Schrebergärten stieg der Duft der Frühlingsblumen.

Im Dunkeln unter den Büschen schien er zu zögern, doch da nahm sie sein Gesicht zärtlich zwischen die Hände. »Komm jetzt, Junge, ich sag's auch nicht weiter. Ehrenwort.«

12.

Als sie sich an ihrer Straßenecke gute Nacht wünschten, sagte Pete beiläufig: »Ich glaube, diesen Freitag kann ich nicht, Jan. Okay? Nächste Woche beginnen die Prüfungen, und da muß ich in dieser Woche noch kräftig ranklotzen.«
»Aber ich dachte, wir könnten zusammen bei mir arbeiten«, protestierte sie.
Er schüttelte den Kopf. »Lieber nicht. Wenn ich in meine Chemie einsteige, muß ich den ganzen Tag und die halbe Nacht arbeiten. Und was macht es denn für einen Spaß, sich am Tisch gegenüber zu sitzen und die Köpfe in die Bücher zu stecken?«
»Weiß ich nicht«, erwiderte sie mit vorgeschobener Unterlippe.
»Hör mal«, sagte er, »fang jetzt nicht so an. Das paßt nicht zu dir.«
»Also gut. Nächste Woche dann?«
»Na ja, nun warte mal auf die nächste Seelenkuchen-Ankündigung.«
Ehe sie etwas sagen konnte, hatte er sie schon geküßt und lief die Straße hinunter. Jan ging langsam nach Hause, ihre gute Laune war verflogen. Sicher hatte Pete recht. Später würden sie noch genug Zeit haben. Und sie konnte sich auch in die Arbeit stürzen.
Sie arbeitete hart in den restlichen Ferientagen, sogar am Wochenende. Sie wußte auch warum. Die Zeit sollte schneller vergehen, damit sie wieder zur Schule gehen und Pete sehen konnte. Nicht daß sie versuchen wollte, mit ihm zu sprechen. Sie wollte ihn nur von weitem sehen und wissen,

daß er da war. Und vielleicht würde sie ihn auch überraschen, damit er sah, daß sie an ihn dachte. Der Gedanke erregte sie so, daß sie die letzten Tage vor der ersten Prüfung wie im Fieber arbeitete. Das Gesicht glühte, die Augen brannten. Ihr Vater sah sie besorgt an, doch sie sang im Haus herum, als seien Prüfungen das, worauf sie ihr ganzes Leben gewartet hatte.
Den ersten Prüfungstag brachte sie wie im Traum hinter sich. Während die anderen die Fragen für eine große Gemeinheit hielten, hatte sie keinerlei Probleme, und die Worte flossen wie ein unaufhörlicher Strom aus ihrem Gedächtnis aufs Papier. Sie verließ den Prüfungsraum früh und setzte sich auf die Schulmauer in die Junisonne.
In der Schule ertönte das Pausenzeichen. Die Lautsprecher krächzten. Die ersten und zweiten Klassen kamen aus den Türen gestürzt und prügelten sich im Hof. Aus der Mensa hörte sie, wie Stühle zurückgeschoben wurden und Teller klapperten. Sie hatte keinen Hunger. Sie wartete. Endlich sah sie ihn mit seinen Kameraden herauskommen. Als sie näher kamen, sprang sie von der Mauer und rief seinen Namen. »Pete.«
»Wie ist es gelaufen?« Seine Stimme klang nicht besonders interessiert. Sie wußte nicht, was mit ihm los war.
»Märchenhaft. Hätte gar nicht besser laufen können«, sagte sie. »Ich habe bei den Fragen immerzu an dich gedacht, und es ging wie am Schnürchen. Kommt wohl von den Büffeleien freitagabends.«
Er schaute sich um. Sie hielt ihn am Ärmel fest. »Hör mal, Pete. Ich habe heute nachmittag frei. Laß uns eine Pizza im Red Lion essen ...«, sie zögerte, »und hinterher am Fluß spazierengehen.«
Er zuckte mit den Schultern.
»Ich bin mit meinen Kumpeln verabredet. Wir wollen einen trinken gehen.«

»Ach so. Dann komme ich mit euch, und dann können wir hinterher spazierengehen.«
»Ich weiß nicht.« Er starrte mürrisch vor sich hin.
Sie sah ihn an. »Was ist los, Pete? Habe ich den Jungen aus der Fassung gebracht?«
»Das ist nicht besonders witzig.«
»Pete, du bist sauer auf mich. Aber warum, was habe ich getan?« Sie näherte sich mit ihrem Gesicht dem seinen.
»Ich mag nicht verplant werden, wenn du es genau wissen willst.«
Sie fuhr zurück. »Wer verplant dich denn?«
»Du hast ...«
»Aber, Pete. Ich habe doch nur gedacht, daß es uns Spaß machen würde. Darf ich denn nicht mal etwas vorschlagen?«
Er schaute zur Seite.
»Du denkst wohl, wenn du etwas anleierst, ist es in Ordnung, aber wenn ich es tue ...« Jans Stimme wurde immer lauter.
»Mach jetzt Schluß, ja?« Beunruhigt schaute er sich um.
»Was meinst du damit?« Ihre Stimme wurde scharf. »Aha, so ist das also. Die kleine Jan wartet, bis man ihr pfeift, nicht wahr? Liebe, kleine Jan. Kleine Jan, die nie Schwierigkeiten macht. Das mag er an ihr, nicht wahr? Sie aufdrehen und ablaufen lassen wie eine Spielzeugmaus, die kleine Jan.«
Mitten in ihrem Wortschwall ließ er sie stehen und kämpfte sich durch eine Schar Mädchen aus der fünften Klasse, die alles mitangehört hatten, zum Schultor durch. Jan machte einen Schritt hinter ihm her, blieb dann aber stehen und ging ins Schulgebäude zurück. Am Himmel hatte eine Wolke die Sonne bedeckt, und plötzlich fühlte sie den Wind kalt an ihren Armen.

Während der ganzen Woche fand sie keinen Zettel in der Manteltasche, und am Freitag kam auch kein Pete. Nachdem sie eine Weile ihre Ungeduld beherrscht hatte, nahm sie schließlich gereizt den Hörer ab und wählte seine Nummer. Sie ließ es zweimal klingeln, legte dann auf und wartete. Pete kam nicht.

Am Montag war in der Schule nichts von ihm zu sehen. Das war nichts Besonderes. Jetzt, wo die Prüfungen voll im Gange waren, durften die Schüler, wenn sie wollten, zu Hause arbeiten. Sie sagte sich, daß das wohl der Grund war. Pete war ein Arbeitstier, das wußte sie. Er wollte gut abschließen. Sein Studienplatz in Manchester wartete auf ihn. Wenn er sich Mühe gab, würde er es schaffen. Sie mußte eben so lange warten, bis er sich wieder bei ihr meldete. Es war blöd gewesen, sich so zu streiten, nur weil sie mit ihm irgendwohin gehen wollte. Schließlich hatte sie auch selber genug zu arbeiten.

Die nächste Prüfung rückte heran. Sie kam nach einer schlaflosen Nacht in die Schule und mußte sich mühsam durch die Fragen kämpfen. Der Auftrieb und die Begeisterung der letzten Woche waren nicht mehr da.

Noch ein Freitag kam, aber kein Pete. Sie saß und wartete, bis sie vom Warten solche Kopfschmerzen bekam, daß sie meinte, ihr Kopf würde platzen. Den protestierenden Kevin brachte sie früh ins Bett, schob ihn die Treppe hinauf, während er nach seinem Vater schrie. Unten ging sie wieder ans Telefon und ließ es, wie verabredet, zweimal klingeln. Gewöhnlich brauchte Pete bis zu ihr nicht länger als zehn Minuten. Das waren sechshundert Sekunden. Sie wartete und rief wieder an. Sie wartete noch einmal zehn Minuten und versuchte es zum dritten Mal. Jetzt wurde beim zweiten Klingeln am anderen Ende abgenommen. »Ich weiß zwar nicht, wer Sie sind«, schrillte Mrs. Careys Stimme, »aber unterlassen Sie doch endlich dieses blödsinnige Geklingle. Sie sind falsch verbunden.«

Jan rannte nach oben ins Bad, wo sie sich übergab. Dann zog sie sich aus und ging verzweifelt ins Bett. Zu ihrer Überra-

schung schlief sie sofort ein, schlief fest. Als sie am nächsten Tag erwachte, war es schon Vormittag.
»Jan, wir haben keinen Kaffee mehr«, rief ihr Vater aus der Küche, als sie verschlafen oben auf der Treppe erschien.
Ach, ich dachte, wir hätten noch eine ganze Menge.«
»Nein, die beiden großen Blechdosen sind leer. Kannst du welchen holen?«
»Ach, Mist«, murmelte sie. »Nein, Papa, ich habe kein Geld mehr.«
»Wieso? Ich dachte, du hättest für diese Tage noch genug.«
»Aber nicht dafür. Ich habe diese Woche neues Mehl kaufen müssen und noch Zucker. Der war auch alle.«
Die Vorräte an Lebensmitteln und sonstigen Dingen, die Mutter angelegt hatte, gingen nun einer nach dem anderen zu Ende.
»Ich lege eine Pfundnote auf den Tisch, Jan. Ich muß jetzt gehen. Wir müssen mit dem Haushalt ein bißchen mehr aufpassen. Ich bin ja schließlich auch nicht aus Geld gemacht!« rief er ihr aus der Küche zu.
Jan wollte gerade eine wütende Antwort geben, als die Haustür zuschlug.
Eine neue, verzweifelte Woche mit zwei weiteren Prüfungen folgte, von denen eine eine Katastrophe war. Sie schlich sich danach aus der Schule weg und wagte Miss Maudesley nicht ins Gesicht zu sehen, weil ihr die früheren frechen Bemerkungen einfielen.
Freitag mit der Aussicht auf noch größeres Elend rückte heran. Aber die Tage waren nicht so wie damals, als Mutter gerade fortgegangen war. Damals waren alle Gefühle erstarrt, alle Sinne abgestumpft. Jetzt schien jeder Nerv zu leben. Sie fühlte ganz bewußt das Elend jedes einzelnen Augenblicks. Sie wußte, daß sie unglücklich war, und sie wußte warum. Das war kein Unglück, das aus heiterem Himmel auf sie herabgestürzt war. Das war etwas, was sie

selber verursacht hatte und nicht wieder in Ordnung bringen konnte. Der Freitag kam und ging. Sie hatte herumgesessen und nicht gewagt, das Telefon anzurühren.
Am Sonnabend hatte sie einen neuen Krach mit Vater, weil das Haushaltsgeld wieder alle war. Er nörgelte, sie kläffte ihn an. Kevin starrte sie beide an und fing an zu heulen. Darauf gab Vater ihr einen Wink, sie gingen ins Vorderzimmer und machten die Tür hinter sich zu.
»Hör zu, Jan«, seine Stimme klang jetzt viel ruhiger. »Ich hätte schon eher mit dir darüber reden sollen. Im Augenblick kann ich dir einfach nicht mehr für den Haushalt geben. Wir sitzen ziemlich in der Klemme. Als ich noch bei Bonners gearbeitet habe, war das anders. Da konnte ich Überstunden machen, am Wochenende arbeiten und ganz schön dazuverdienen. Jetzt habe ich ein Stipendium, und das läuft noch bis zum Ende des nächsten Jahres. Danach wird es wohl wieder besser. Aber nun müssen wir den Gürtel enger schnallen. Da sind die Hypothekenzinsen, dazu die Steuer, Licht und Heizung. Und für Kleidung für uns alle muß ich auch etwas zur Seite legen. Weiß der Himmel, ob wir uns dieses Jahr überhaupt einen Urlaub leisten können.«
Er sah in ihr bleiches Gesicht. »Es tut mir leid, daß ich dir jetzt damit kommen muß, wo du in der Prüfung steckst. Aber wir müssen irgendwie klarkommen. Was im Haushaltsgeld nicht drin ist, können wir uns nicht leisten.«
Er stand auf, weil ihm noch etwas eingefallen war. »Ach ja, Jan, oben habe ich in einer Schublade das Notizbuch ...«, er zögerte, um dann entschlossen fortzufahren, »das Notizbuch gefunden, in dem sie immer die Ausgaben für den Haushalt aufgeschrieben hat. Da stehen alle Posten drin. Sie hat immer notiert, was alles kostet und wieviel wir davon brauchen. Da ist auch noch ein kleiner Kalender dabei und alles.«
Er rannte nach oben und kam nach einer Minute mit dem kleinen Notizbuch in der Hand wieder herunter. Es hatte

einen grünen Deckel mit einer gelben Blume in der Mitte. Jan, die es sofort erkannte, fühlte sich plötzlich von einer unbekannten Angst erfüllt, als sei sie in ein tiefes, schwarzes Loch gefallen. »Vielen Dank, Papa.« Sie drehte das kleine Buch in den Händen und hielt es, ohne es zu wissen, an ihr Gesicht. Da war noch eine Spur vom Parfüm ihrer Mutter.

»Hör mal, Jan, wir wollen morgen nach Warby fahren. Du kommst doch mit? Ich meine, wenn du nicht mit Pete ausgehst?«

»Nein, nein«, sagte sie schnell. »Das ist schön. Ich komme gern mit.«

»Das freut mich«, erwiderte Vater. »Aber jetzt muß ich gehen. Ich bin zum Abendbrot zurück.«

Als er die Haustür hinter sich zugezogen hatte, drehte und wendete sie das Notizbuch in den Händen und hielt es wieder an ihr Gesicht. Sie öffnete es hinten, wo der kleine Kalender in einer durchsichtigen Plastikhülle steckte. Sie starrte auf die mit einem kleinen Kreis umrandeten Daten.

Anfang Januar war da ein Kreis, dann Anfang Februar und dann keiner mehr. Keiner im März, keiner im April. Mutter mußte vergessen haben, die Daten zu markieren. Wenn man mit seinen Gedanken woanders war und die Tage dahinflogen, konnte man so etwas leicht vergessen.

Kevin kam laut und ausgelassen ins Vorderzimmer gelaufen.

»Hier befehle ich! Wer den ›Tauschladen‹ nicht sehen will, kann verduften.«

»Mußt du solch einen verdammten Lärm machen?« fuhr Jan ihn an.

Sein kleines Gesicht wurde blaß. Sie schämte sich plötzlich und lief an ihm vorbei zur Tür.

Oben in ihrem Zimmer zog sie die Schublade in der Frisierkommode auf. Unter einem Stoß Unterwäsche lag ihr Tagebuch. Sie nahm es heraus, ließ es vor Aufregung fallen, nahm es dann fest in die Hand und schlug es auf.

Anfang Mai hatte sie zuletzt ein Datum angestrichen. Sie zählte schnell. Die Wochen waren nur so davongelaufen. Eins, zwei, drei ... eins, zwei, drei, vier ... Sie war eine Woche – neun Tage darüber.
Sie legte das Tagebuch weg und ging wieder hinunter. Das war nicht weiter schlimm. Sie war mehr als einmal zwei Wochen darüber gewesen, und ein paarmal war es sogar fast vier Wochen zu spät gekommen. Das war also nicht weiter schlimm.
Aber sie war nicht davon überzeugt.

13.

»Das Mädchen sieht schon wieder spitz aus.«
Großmutter blickte über den Tisch hinweg Jans Vater an. Das tat sie immer, wenn sie über Jan sprach. Es war eine alte Gewohnheit, und Jan hatte dann das Gefühl, als sei sie sechs Jahre alt. Sie waren mit dem Sonntagsessen in Warby fertig und saßen etwas ungemütlich in der heißen Küche, durch deren Fenster die Sommersonne hereinknallte.
»Ach, wenn erst die Prüfungen vorbei sind, erholt sie sich wieder, nicht wahr, Kleine?« sagte Großvater.
Großmutter kniff die Lippen zusammen. »Ich weiß nicht, warum sie sich da überhaupt so anstrengt.«
Vater schaute verlegen drein und gab Großmutter mit den Augenbrauen ein Zeichen, was sie aber nicht beachtete.
»Was soll denn dabei herauskommen? Was sie brauchen, ist ein bißchen mehr Geld, bis unser Geoff wieder festen Boden unter den Füßen hat.«
»Ach, sie werden schon klarkommen«, sagte Großvater verlegen. »Und wir helfen ihnen dabei, nicht wahr?«
Großmutter hörte nicht zu. Sie hatte etwas zu sagen, und das würde sie jetzt auch tun.
»Kev, du darfst jetzt aufstehen«, rief sie. Mit großen Augen verschwand er vom Tisch. »Und mach die Hintertür zu.«
Großmutter drehte sich halb um und schaute Großvater ins Gesicht. »Sie hat immer nur an sich gedacht – nein, ich muß es einmal sagen. Konnte sie denn nicht bei Cartwright in der Fabrik bleiben, wo sie ab und zu noch etwas nebenher verdient hat? Nein, als Geoff versuchte, seinen eigenen Weg zu gehen, wie es sich für einen Mann gehört, da mußte sie ins

Büro und in die Abendschule. Immer verrückte Ideen, und dann kommt das dicke Ende.«
Jan fühlte heißen Zorn langsam in sich aufsteigen.
»Und diese ganzen Prüfungen. Das ist doch auch ihre Idee gewesen«, fuhr die Großmutter fort.
Wessen Prüfung? dachte Jan. Wessen Idee? Es machte nun keinen Unterschied mehr, über wen Großmutter jetzt sprach. Sie redete immer weiter. Großvater machte ein wütendes Gesicht, Vater blickte auf seinen Teller wie ein Junge, dessen Bruder eine Strafpredigt zu hören bekommt.
Ihre Idee? Jan stürzte sich auf diesen neuen Gedanken wie eine Katze auf die Maus. Vater hatte gesagt, es sei die Idee von Mutter gewesen, daß sie auf der Schule bleiben und die Prüfungen machen sollte. Jetzt sagte die Großmutter dasselbe. Was war denn da gelaufen? Dann schob sie den Gedanken beiseite. Sie konnte sich damit jetzt nicht auch noch beschäftigen. Das war alles zuviel. Aber trotzdem wurde sie immer wütender. Sie hörte plötzlich ihre eigene Stimme sagen: »Aber man kriegt eine bessere Stelle, wenn man seine O- und A-Prüfung hat.«
»Das stimmt«, bestätigte Großvater, »wenn man Lehrer werden oder in die Forschung gehen will, braucht man seine ...«
»Ja, und die Kuh verhungert, während das Gras wächst«, erwiderte Großmutter. »Was für verrückte Ideen, wenn die Familie was in der Kasse braucht.«
Jans Zorn verdichtete sich zu einem kleinen, schmerzenden Knoten über den Augen. Sie schob den Stuhl zurück. »Ich gehe jetzt spazieren. Ich habe Kopfschmerzen. Ich wasche dann ab, wenn ich zurückkomme.«
Draußen auf dem Weg, der zum Berg hinaufführte, hörte sie ihren Namen. Großvater keuchte hinter ihr her. »Warte, Jan, warte einen Augenblick. Ich muß Luft holen ...«
»Entschuldige, Großvater.«

Er holte sie ein und nahm ihren Arm. Sie gingen langsam zum Borley Top hinauf, und als sie die warme, duftende Heideluft einatmete, spürte sie, wie sich der schmerzende Knoten auflöste. Sie standen auf dem Gipfel und blickten sich um.
»Ein großartiger Anblick.«
Sie nickte.
»Hör zu, Jan. Wenn du Hilfe brauchst oder einmal brauchen solltest, egal was es ist, dann komm hierher. Wir helfen dir dann. Viel haben wir zwar nicht, aber ...«
»O Großvater!« Tränen brannten hinter ihren Augenlidern, kamen aber nicht heraus. Gedanken formten sich in ihrem Gehirn, auch sie kamen nicht heraus. Wenn sie mit irgend jemandem hätte sprechen können, dann mit diesem ehrlichen kleinen Mann mit den roten Wangen und dem blaunarbigen Kinn. Aber sie konnte mit niemandem sprechen. Nicht mit ihm, nicht mit Großmutter, nicht mit Vater.
Am Abend in ihrem Zimmer nahm sie das Tagebuch wieder heraus. Man konnte drei Wochen drüber sein, ohne daß etwas passiert sein mußte. Im letzten Jahr hatte es bei ihr noch länger ausgesetzt. Es war scheußlich gewesen. Eine Quälerei vom Kopf bis zu den Schenkeln, und dann war alles vorbei gewesen wie ein böser Traum. Aber damals hatte sie nicht ...
Sie hatte gedacht, Pete würde sich darum kümmern. Oder vielmehr, sie hatte gar nichts gedacht. Sie hatte Dinge gefühlt, aber sie hatte nicht gedacht. Und Pete, hatte er gemeint, sie hätte die Pille oder sonst etwas? Oh, ich mag Jan, sie wird mit allem allein fertig.
Sie hatte mit Mutter oft über diese Dinge gesprochen, aber Mutter hatte sich dabei immer etwas zurückgehalten, als hoffte sie, Jan würde mit solchen Problemen nie etwas zu tun bekommen.
So deutlich, als hörte sie die Worte in diesem Augenblick, erinnerte sie sich an das aufgeschnappte Gespräch, das sie im

Halbschlaf eines Nachts mitbekommen hatte. Mutter und Vater kamen die Treppe herauf. Sie stritten sich so heftig, daß sie vergaßen, die Tür hinter sich zuzumachen.

»Es ist mir zu gefährlich, und in unserer Familie gibt es Herzleiden«, sagte Mutter fast flüsternd.

Vater versuchte, sie zu überreden: »Aber das medizinische Risiko soll ganz gering sein, viel kleiner, als wenn man ein Baby kriegt, fast ...«

»Ja, aber mir gefällt die Idee nicht«, wandte Mutter darauf lauter ein. »Ich will nicht immer zur Verfügung stehen wie der Bereitschaftsdienst.«

»Pst, Val. Du weckst die Kinder auf.«

Mit dem letzten Gedanken – ich bin schon einmal fast vier Wochen drüber gewesen – schlief Jan endlich ein. Das wußte sie, und sie hielt sich an das, was sie wußte. Und bis dahin waren noch vierzehn Tage Zeit. So lange konnte sie das Problem noch beiseiteschieben, und vielleicht würde es sich inzwischen von selber lösen.

Während sie hin und her pendelte, von zu Hause in die Schule, von der Schule in die Bibliothek, von der Bibliothek nach Hause, vergingen manchmal Stunden, ohne daß sie darüber nachdachte, ja, ohne daß sie das Problem bei seinem Namen nannte. Wenn sie durch die Gorse Lane nach Hause ging, beschleunigte sie ihre Schritte und rannte schließlich mit klopfendem Herzen und Gänsehaut an der bedrohlichen Mauer des Altersheimes vorbei. Erst wenn sie an ihre Straßenecke kam, verlangsamte sie das Tempo. Den Kopf davon frei halten, laufen, laufen und dann schnell nach Hause und der Mutter erzählen, was passiert war, damit sie alles wieder in Ordnung bringen konnte.

Zehn Tage vergingen, ohne daß etwas geschah. Eines Abends mußte sie sich übergeben, bevor sie ins Bett ging. Da stimmte etwas nicht, oder? Ermüdete Augen, zuwenig Schlaf, nicht genug zu essen – es konnte alles mögliche sein.

Sie lief jeden Tag mit Schwindelgefühl und Brechreiz herum. Wenn sie einkaufen ging, dachte sie an Dr. McLeod, den alten, weißhaarigen Dr. McLeod, der nach Hustenbonbons roch, ihr über den Kopf strich und Flaschen mit Fruchtsirup verschrieb. Seit Jahren war sie nicht mehr bei ihm gewesen. Mutter ging nicht gern zu Ärzten. Damals, als sie auf dem Spielplatz aus dem Karussell gefallen war, hatte Dr. McLeod die Wunde oberhalb des Knies genäht. Das war schon Jahre her, aber die Stelle hob sich immer noch weiß von der gebräunten Haut ab. Pete war davon fasziniert. Er fuhr mit seinem Finger darauf entlang. »Gefährliche Jan.«
Seit ihren Versuchen, ihn anzurufen, hatte sie Pete ein- oder zweimal gesehen. Aber nur von ferne. Er ging ihr aus dem Weg, und etwas hielt sie davon ab, noch einmal auf ihn zuzugehen. Einmal wäre sie ihm fast vor dem Gebäude der Sechsten in die Arme gelaufen, aber als sie Sharon dort vergnügt plaudernd herumstehen sah, war sie schnell abgebogen.
Danach paßte sie auf, ihm nicht in die Quere zu kommen. Er sollte sich nicht einbilden, daß sie wieder in Gnaden aufgenommen werden wollte. Jetzt, wo das Unglück sie wie eine Mauer umschloß, lief sie wieder allein herum und wollte niemanden treffen. An einem Nachmittag, als sie ziemlich spät aus der Stadtbibliothek kam, stand sie ihm plötzlich gegenüber. Er wich zur Seite aus und lief weiter. Sie war wieder allein in ihrer eigenen Welt, kämpfte sich von einem Tag zum anderen, schwankte zwischen Anfällen nutzlosen Lernens, bei denen die Worte so schnell wieder aus ihrem Gedächtnis flohen, wie sie sie gelesen hatte, und langen, leeren Zeitabschnitten, wo sie saß und vor sich hinstarrte.
So konnte es nicht weitergehen. Mit großer Willensanstrengung entschloß sie sich, etwas zu tun. In der vierten Woche ging sie zu einer Apotheke am anderen Ende der Stadt. Vor der Tür spazierte sie auf und ab, nahm das Fläschchen mit der

Urinprobe aus der Handtasche, umklammerte es mit der Hand, steckte es wieder in die Tasche, tat so, als schaute sie sich die Toilettenartikel im Schaufenster an, um dann schließlich die Handtasche wieder zuzumachen und wegzugehen. Wenn ich hineingehe, untersuchen sie die Probe und sagen mir, ob ich bin oder ob ich nicht bin. Gehe ich aber nicht hinein, können sie mir nicht sagen, daß ich bin. Dann habe ich noch ein paar Tage Zeit, in denen sich vielleicht doch noch etwas tut.

Am nächsten Tag entschloß sie sich wieder, etwas zu unternehmen. Als sie nach Hause kam, ging sie hinüber zu Sandra. Sie hatte sie eine Woche nicht gesehen. Aus der wie immer weit aufstehenden Tür hörte sie das Geräusch des Fernsehers und Kevins lautes Gekicher. Die Küche war ein Chaos. Schmutziges Geschirr stapelte sich auf dem Tisch. Kleidungsstücke und Unterwäsche lagen überall herum. Die beiden Söhne lümmelten sich in den durchhängenden Sesseln. Kevin hockte auf dem Fußboden, einen Meter vom Fernseher entfernt. Jan sog die Luft ein. Jemand hatte geraucht, aber Sandra war nicht zu sehen.

»Wo ist eure Mutter?«

Ohne sie anzusehen, deutete der ältere der beiden Jungen mit dem Daumen in Richtung Wohnzimmer.

Sandra lag ausgestreckt auf dem Sofa. Die Vorhänge waren zugezogen, und es war fast dunkel im Zimmer. Als Jan sie zur Seite schob, stöhnte Sandra auf. Ihr Gesicht war grau. Der Lippenstift lag wie ein blutiger Streifen um ihren Mund. Sie war betrunken.

»Sandra, ist alles in Ordnung?« Jan half ihr, sich aufzusetzen.

»Laß mich in Ruhe!«

»Sandra!«

»Ach, der Saukerl. Er ist einfach abgehauen. Hat zu mir gesagt ... Er ist abgehauen ...« Ihre Stimme verlor sich.

»Soll ich dir eine Tasse Kaffee machen, Sandra?«

Jan verstand nicht, ob die Antwort ja oder nein war. Sandras Kopf war zur Seite auf die Rückenlehne des Sofas gefallen.
Jan ging in die Küche und stellte den Fernseher ab.
»Mensch, was soll das?« protestierte der ältere Bruder, der aus seinem Koma erwacht war.
Sie überhörte es und wandte sich an Kevin. »Geh jetzt nach Haus.«
Er zögerte.
»Sofort!«
Während er aus der Küche latschte, sagte sie zu den beiden: »Los, auf die Hinterbeine. Räumt die Wohnung auf und wascht das Geschirr ab, und eure Mutter braucht eine Tasse Kaffee.« Sie holte tief Luft und schrie dann plötzlich los: »Aber ein bißchen dalli, wenn ich bitten darf. Sonst trete ich euch mit dem Stiefel in den Hintern!« An der Tür drehte sie sich noch einmal um: »In zehn Minuten bin ich wieder hier. Gnade euch Gott, wenn ihr dann nicht fertig seid.«
Sie lief durch den Flur an Sandra vorbei, die verstört und mit verquollenen Augen am Türpfosten lehnte.

14.

Am nächsten Tag wollte Jan mit Miss Maudesley reden. Vor der Abschlußprüfung war fast Ferienbetrieb. Wer nicht unbedingt zur Schule mußte, blieb zu Hause, und wer kam, mußte hart arbeiten. Die Klassenzimmer waren halb leer, und für ein Gespräch ohne Lauscher war jetzt genug Zeit. Sie hatte sich dazu durchgerungen, einmal gründlich über alles nachzudenken und auch darüber zu sprechen.

Jan war sehr aufgeregt, als sie an diesem Tag in die Schule kam, aber es ergab sich keine Gelegenheit für ein Gespräch, weil Miss Maudesley erst später erschien. Jan stand herum, hoffte, sie doch irgendwo zu sehen, und ging schließlich in die Bibliothek, um zu arbeiten. Hinter sich hörte sie das leise Murmeln eines Gesprächs. Sie war sich zwar nicht ganz sicher, meinte aber, ihren Namen gehört zu haben. Als sie sich umdrehte, hörte das Murmeln auf. Sie sah Sharon, die ihren Blick so unverschämt erwiderte, als wollte sie sie auffordern, einen Streit anzufangen. Kaum hatte sie ihnen den Rücken zugewandt, begann das Murmeln wieder.

In der Pause schien sich im Klassenzimmer das gleiche abzuspielen. Aber ganz sicher war sie sich auch diesmal nicht. Vielleicht bildete sie sich in ihrer Aufregung das Ganze nur ein. Sie sehnte Miss Maudesley herbei, damit sie sie um ein Gespräch nach dem Unterricht bitten konnte. Als es nach der Pause klingelte, tauchte Miss Maudesley aber immer noch nicht auf. Erst als sie mittags aus der Mensa kam, sah sie sie bleich und müde über den Flur gehen. Sie lief so schnell hinter ihr her, daß sie fast gleichzeitig die Klasse betraten. Zu schnell für gewisse Mädchen.

Eine kleine Gruppe von fünf oder sechs, die sich vorne an der Tafel unterhielt, unterbrach ihr Gespräch, als sie hereinkam. Nur Sharon, die den Rücken zur Tür gewandt hatte, reagierte nicht. Ihre schrille Stimme tönte noch, als Jan schon hinter ihr stand.
»Natürlich ist sie selbst schuld. Erst hat sie sich rar gemacht, und dann konnte sie den Hals nicht voll kriegen. Sie hat ihn einfach nicht mehr aus den Krallen gelassen. Das wäre ja gar nicht so schlimm, wenn sie nicht so von sich eingenommen wäre – genau wie ihre ...«
Jan packte Sharon an der Schulter. Ihr Arm holte aus, als bewegte er sich von selber, und die flache Hand knallte Sharon ins Gesicht. Sie spürte die Wucht des Schlages noch in ihrer Schulter, als Sharon auf den hinter ihr stehenden Tisch fiel.
»Los, schlag zurück!« hörte sie sich wütend schreien. Dann hob sie wieder den Arm. Sharon brach in ein wildes Geheul aus, und ein Mädchen legte seinen Arm um sie. Jan lief zur Tür. Das Vergnügen an dem Schlag prickelte noch in ihrer Schulter. Auf dem Flur stand sie vor Miss Maudesley.
»Jan, bleib hier.« Sie legte eine Hand auf Jans Arm. »Hör zu, Jan, seit Wochen versuche ich, mit dir zu reden. Ich weiß, daß du in der letzten Zeit mit einer Menge fertigwerden mußtest. Aber deshalb hast du trotzdem kein Recht, dich so zu benehmen. Sharon kann nichts für deinen Kummer, das weißt du. Ich werde das Ganze vergessen, aber nur unter der Bedingung, daß du jetzt hingehst und dich bei ihr entschuldigst ...«
»Was, ich soll zu ihr gehen und sagen, daß es mir leid tut und daß ich sie nicht wieder schlagen werde?«
Sie rannte an Miss Maudesley vorbei und den Flur hinunter.
»Jan!«
Aber sie hörte es nicht mehr. Sie lief durch die Schwingtür, über den Schulhof und die Gorse Lane entlang. Dort wurde

sie etwas langsamer und ging und ging, als wollte sie ihre Probleme ins harte Pflaster treten. Erst als sie jenseits der Eisenbahnbrücke war und sich zwischen den hohen Blocks im alten Stadtviertel befand, merkte sie, wohin ihre Füße sie getragen hatten. Sie lief links über den Spielplatz, wo sie damals vom Karussell gefallen war und sich das Bein aufgerissen hatte. »Fräulein, kommen Sie schnell. Jan Whitfield hat sich schlimm verletzt.« Jan hat sich schlimm verletzt, so schlimm, daß es ihr nie wieder gutgehen wird. Arme Jan. Wer schert sich einen Dreck um Jan?

Sie war eine Straße entlanggegangen, die im weiten Bogen unter der Eisenbahn hindurch zur anderen Seite der Stadt führte, und befand sich in einem Einkaufszentrum, in das sie selten kam. Die Läden waren größer, und es gab Kaufhäuser, wo sie manchmal Großeinkäufe für den Haushalt und für Weihnachten machten. Sie blickte auf. Da war Barkways. Da hatte sich Mutter neu eingekleidet und einen Koffer gekauft. Dann war sie mit einem Mann zum Bahnhof gefahren und nie wiedergekommen.

Weshalb war sie hierhergelaufen? Sie ging langsamer. Die Waden schmerzten von ihrem wütenden Marsch. Der Kopf peinigte sie. Die heiße, befreiende Wut war weg. Sie fühlte sich wieder mies und leer.

An der Wand eines winzigen, cremefarbenen Cafés erblickte sie eine handgeschriebene Notiz: »Espresso – nur erstklassige Qualität.« Sie blieb stehen. Eine zweite Notiz, auch handgeschrieben, klebte an der kleinen Schaufensterscheibe vor der Gardine. Es war ein großes weißes Stück Pappe, das fast die ganze Fensterfläche einnahm. Darauf stand: »Hat jemand diese Frau gesehen?« Darunter war das Bild einer etwa vierzigjährigen Frau, dunkel, hübsch und untersetzt, in einem Kleid mit großem Blumenmuster. Sie stand vor einer sonnigen Wand, vielleicht war es am Strand. Schüchtern und mütterlich sah sie aus.

»Maria Donatelli. Seit 23. Januar 1980 vermißt. Sie ist 1.60 m groß und trug ein graues Kostüm und cremefarbene Schuhe. Ihre Familie wäre sehr dankbar, wenn ihr jemand sagen könnte, wo sie sich jetzt aufhält.«

Jan spürte, daß jemand sie beobachtete. Durch die Gardine starrte sie ein plumper Mann mit einer Schürze wütend an. Dann warf er seinen Kopf zur Seite, als wollte er ihr befehlen, wegzugehen. Sie setzte sich langsam in Bewegung, und der Mann kam an die Tür und sah hinter ihr her. Einen Augenblick lang glaubte sie, daß er ihr etwas sagen wollte, aber er drehte sich um und ging wieder zurück in sein Café.

Sie marschierte die Straße weiter, bis sie zu einem Spirituosenladen kam. Es war kurz vor Feierabend, und der Mann ließ drinnen schon die Rolljalousien vor seiner Schaufensterauslage herunter. Wie sie ihn dabei beobachtete, kam ihr ein Gedanke, oder er kam vielmehr aus ihrem Bewußtsein hervor, wo er seit Tagen schon gelauert hatte. Sie ging hinein und trat kurz darauf mit einer in braunes Papier eingewickelten Flasche wieder heraus. Sie hatte den Rest des Einkaufsgeldes gekostet. Heftig atmend stopfte sie die Flasche in ihre Tasche und ging nach Hause.

15.

Als sie zu Hause ankam, wartete Kev auf sie. Die Tür der Nachbarin war zu, und den Lärm des Fernsehers hörte sie nur schwach durch die Flurwand. Jan redete nicht mit Kev, machte ihm nur schnell etwas zu essen und schob ihn ins Wohnzimmer ab. Dann trug sie die Tasche in ihr Zimmer hinauf, wickelte die Flasche Gin aus und stellte sie unten in den Kleiderschrank. Mußte sie die wohl ganz austrinken? Konnte sie das überhaupt. Sie hatte einmal Gin probiert, stark und penetrant riechend, und ihr war schlecht davon geworden. Aber heute war es sowieso noch nicht soweit. Sie mußte bis Freitag warten, wenn Vater ausging.

Doch sie brauchte nicht zu warten. Vater kam früh mit ernstem Gesicht nach Haus und sagte gleich: »Jan, ich muß sofort wieder weg. Da ist ein Treffen wegen des Kurses, und hinterher wollen sich einige Studenten zusammensetzen – Semesterende.« Er wartete. Als sie nichts sagte, fuhr er fort: »Hör zu, Jan, ich habe einen Anruf aus der Schule bekommen. Ich bin allerdings nicht so sicher, ob ich überhaupt hören möchte, was du da angestellt hast.«

Sie zuckte mit den Schultern. Er versuchte, es ins Scherzhafte zu ziehen. »Erst Kev, dann du. Ich soll mit denen über deine weitere Zukunft in der Schule reden.«

»Du würdest dich doch freuen, wenn sie mich nicht wiederhaben wollten, oder?«

Er wollte gerade etwas antworten, überlegte es sich dann aber. Statt dessen holte er tief Luft, als ob er bis zehn zählte. »Ich will mich jetzt darüber nicht unterhalten. Das können wir am Wochenende tun. Da hat sich wohl einiges zusam-

mengebraut, und das müssen wir in Ordnung bringen. Aber nicht jetzt, sonst streiten wir uns doch nur.«
Er ging mit seiner Tasse Tee nach oben in sein Zimmer. Jan versuchte, etwas zu essen, aber das Brot schmeckte wie Pappe. Während sich Vater zum Ausgehen fertigmachte, saß sie mit Kevin im Vorderzimmer und starrte in die Röhre. Er hatte ein bißchen Ehrfurcht vor ihr. Die Art, wie sie mit den beiden von nebenan umgesprungen war, hatte ihm imponiert. Sie zwang sich zu einem Lächeln. An diesem Abend wollte sie keine Scherereien mit ihm haben. Sie brauchte die Zeit für sich selber. Ihn anzutreiben, war aber auch nicht klug. Sie wollte nicht, daß er Vater etwas vorjammerte, wenn er nach Hause kam. Klein Kev kannte seinen Vater und seine Schwester inzwischen recht genau, und er war sich nicht zu gut, sie gegeneinander auszuspielen, wie er seinen Vater gegen seine Mutter ausgespielt hatte.
Einen Augenblick lang haßte sie die kleine Nervensäge, doch dann befahl sie sich streng, Vernunft anzunehmen und nicht so albern zu sein. Er war sieben Jahre alt und schließlich noch ein Kind.
Die Tür schlug zu, und das Auto sprang an. Vater war für den Abend verschwunden. Ein Problem war erledigt, und jetzt war das nächste dran, dachte sie.
Ihr wurde ein bißchen schwindlig. Kein Frühstück, fast nichts zu Mittag, kaum Abendbrot. Sie schleppte sich in die Küche, kochte ein Ei und machte sich ein paar Scheiben Toast. Getoastet war das Brot gerade noch genießbar. Für Kevin, der hinter ihr hergetrottet war, kochte sie auch ein Ei. Da sie ihm jetzt freundlicher gelaunt vorkam, fing er an zu plappern. Sie beherrschte ihre wachsende Ungeduld, gab ihm ab und zu eine Antwort, genau wie Mutter es getan hatte, und ließ den Strom der Worte an sich vorbeifließen.
»Du hörst nicht zu, Jan.«
»Quatsch. Natürlich höre ich zu. Ich höre jedes Wort.«

»Was habe ich denn eben gesagt?«
»Du hörst nicht zu, Jan«, ahmte sie seine Stimme nach.
»Du bist eine Ziege.«
»Du bist der Bruder einer Ziege. Hau ab und sieh dir ›Star Trek‹ an.«
Sie blickte auf die Uhr und überlegte sich, was sie tun könnte, damit die Zeiger sich schneller drehten. Heute abend würde sie etwas dagegen unternehmen. Etwas Verrücktes. Aber besser als gar nichts.
Aus dem Wohnzimmer kreischte wieder der Fernseher. Sie hörte Kev vor Lachen schreien. ›Star Trek‹? Was spielte es für eine Rolle, was er sich ansah? Es war lächerlich. Alles, was sie in diesem Haus tat, machte sie genauso wie ihre Mutter. Sie war eine Gefangene der alten Gewohnheiten. Sie erledigte die Dinge, als sei alles so vorgeschrieben. Aber sie wußte nicht, warum sie es tat. Hatte Mutter es gewußt? Es schien so, aber wie konnte man das wissen? Sie hatte den Platz ihrer Mutter eingenommen, ohne überhaupt zu wissen, wer ihre Mutter war. Und dieser komische, kleine Kaffeehausbesitzer mit seinem Aushang – wenn Sie meine Frau finden, benachrichtigen Sie mich bitte. Er wollte sie wohl ehrlich wiederhaben. Ihr Vater dagegen machte kein Aufhebens, hoffte, glaubte, daß die Leute es nie merken würden. Mr. Donatelli kümmerte sich nicht darum, ob es jemand wußte. Seine Frau war fortgelaufen, und sie sollte wiederkommen. Und wenn sie zurückkam, was scherte es ihn dann, ob die ganze Welt davon wußte? Jan dachte auf einmal, daß sie gern zu dem Café zurückgehen und mit dem Mann sprechen würde.
Zeit war vergangen. Sie rief Kev, der auch brav kam. Sie tobten ein bißchen im Badezimmer, platschten und spritzten sich gegenseitig naß.
Als er dann seinen Schlafanzug anhatte und fürs Bett fertig war, fiel es ihr wieder ein. »Hör zu, Kev, ich möchte lange

und gemütlich baden. Wenn du noch zur Toilette willst, dann jetzt, bevor du ins Bett gehst.«
»Und wenn ich später will?«
»Dann machst du da einen Knoten rein.«
Kichernd rieb er seine Nase an ihr. Sie jagte ihn aus dem Bad und in seinem Schlafzimmer herum, bis das Gekicher sich in Schluckauf verwandelte. Nach einem Ringkampf im Bett deckte sie ihn schließlich zu.
»Es ist noch hell.«
»Klar, wir haben doch Sommerzeit. Ich mache die Vorhänge zu.«
»Jan, verreisen wir in den Sommerferien?«
»Wie meinst du das?«
»Ich meine, seit Mama weg ist, haben wir doch kein Geld mehr.«
»Ach, mach dir keine Sorgen. Uns wird schon etwas einfallen. Und jetzt schläft der kleine Kev auf der Stelle ein.«
Schließlich war er still. Um ganz sicher zu sein, wartete sie noch eine Viertelstunde. Dann ließ sie Wasser einlaufen, in einem dünnen Strahl, damit es schön heiß war. Sie zog sich aus, und der Dampf füllte das ganze Badezimmer und beschlug die Fenster. Sie zog die Plastikvorhänge vor. Es konnte zwar niemand hereinsehen, aber sie wollte sich ganz abkapseln. Als sie die Tür abschloß, fiel ihr ein, daß sie die Flasche Gin vergessen hatte. Nackt tippelte sie über den Flur.
»Jan«, rief Kev aus seinem Zimmer.
»Was ist denn?«
»Kann ich ins Badezimmer?«
»Zum Teufel!« Sie griff nach ihrem Morgenmantel. »Komm, aber beeil dich.«
Er kam angelaufen und ließ die Tür auf.
»He, ist das ein türkisches Bad?«
»Nein, ich will mich da drin kochen. Mach schnell.«
»Okay, okay!«

Als ihre Hand auf seine Rückseite klapste, rannte er davon. Noch einmal warten, bis er richtig im Bett lag. Ein plötzliches Glucksen sagte ihr, daß das Überlaufrohr schon in Betrieb war. Sie sauste ins Bad und drehte den Heißwasserhahn ab. Ohne nachzudenken, steckte sie die Hand ins Wasser, um den Stöpsel herauszuziehen. Der Schmerz war unerträglich. Fluchend riß sie die Hand sofort aus dem siedendheißen Wasser. Ein roter Streifen lief hinauf bis zum Ellbogen. Sie biß die Zähne zusammen, wankte in die Küche und holte einen großen Topf. Vorsichtig schöpfte sie dann das Wasser aus der Wanne, bis der Stand niedriger war. Und was nun? Sie zog den Morgenmantel aus, hängte ihn auf und schloß die Tür ab. Dann setzte sie sich auf den Toilettendeckel, nahm die Flasche und ein Glas aus dem Badezimmerschränkchen. Ob Klein Fernsehauge die Flasche wohl entdeckt hatte? fragte sie sich.

Und wenn schon.

Sollte man es trinken, bevor man sich hineinsetzte oder während man drin saß? Sie goß sich ein Glas ein und trank es aus. Doch der Gin war in die falsche Kehle geraten, und sie mußte furchtbar husten. Er schmeckte wie Medizin mit Alkohol. Sie trank mehr. Vom Dampf im Badezimmer und dem Gindunst vor ihrer Nase wurde ihr schwindlig. Sie zog sich an dem Rohr über der Toilette hoch. Dann goß sie sich noch ein Glas ein und stellte es auf den Fußboden. Schließlich hob sie einen Fuß über den Rand der Badewanne. In der ersten Sekunde dachte sie, ihr würde die Haut abgezogen. Um dem Schmerz auszuweichen, hüpfte sie zur Seite, wobei sie ausrutschte, über das Glas stolperte und mit dem einen Bein ins dampfende Wasser fiel. Der Schmerz lief wie eine ätzende Welle über ihre Haut. Verzweifelt stieß sie sich an der Badezimmerwand ab und suchte, wild um sich greifend, auf der anderen Seite nach Halt. Sie bekam ihr Bein aus der Wanne heraus und kriegte mit einer Hand das Waschbecken

zu fassen. Aber dann rutschte sie seitlich weg und schlug mit der Hüfte auf den Wannenrand. Doch sie war aus dem peinigenden Wasser heraus!
Nackend und tropfend stand sie da, das Bein mit grellroten Flecken übersät. Die Haut würde bestimmt abgehen. Der Schmerz an der Hüfte kam ihr erst jetzt richtig zu Bewußtsein. Sie setzte sich wieder auf den Toilettendeckel und nahm das Glas. Sie füllte es ganz und begann zu trinken, diesmal schneller. Es schien jetzt glatt hinunterzulaufen. Der Schmerz und das Brennen ließen nach, und auch ihre Gedanken liefen angenehmer und verwirrten sich wie im Traum. Wenn sie es jetzt noch einmal versuchte, würde es vielleicht nicht mehr so weh tun. Sie mußte sich nur voll und ganz ins Wasser setzen.
Sie hatte gerade einen Fuß auf den Rand der Wanne gestellt, da klapperte die Türklinke.
»Jan, ich muß auf die Toilette.«
»Geh ins Bett«, schrie sie.
»Ich kann aber nicht länger warten«, antwortete er und hämmerte gegen die Tür.
Sie wollte zur Tür, glitt auf dem nassen Boden aus, und ihre um sich schlagenden Arme knallten auf das Wandschränkchen. Das Glasbord darunter fiel ins Waschbecken und zerbrach.
»Zum Teufel mit dem verdammten Scheißding!« brüllte sie.
»Warte, ich erzähle Papa, was du gesagt hast«, rief Kev von draußen.
Mit zwei Sätzen hatte sie die Tür geöffnet. Während er mit runden Augen ihre Nacktheit anstarrte, gab sie ihm links und rechts eine schallende Ohrfeige. »Gehst du jetzt endlich ins Bett?«
Heulend vor Angst und Schmerz machte er ein paar Schritte rückwärts. Noch immer nackt, jagte sie ihn in sein Zimmer, packte ihn von hinten und warf ihn aufs Bett. Dann deckte sie

ihn zu und ging steifbeinig hinaus. Um sein Weinen und Schluchzen kümmerte sie sich nicht.
Als sie wieder im Badezimmer war, hatte sich der letzte gute Vorsatz, noch einmal ins Wasser zu steigen, verflüchtigt. Ihr Zorn machte allmählich einer duseligen Gleichgültigkeit Platz. Sie zog den Stöpsel heraus und ließ das Wasser abfließen. Damit der Dampf abziehen konnte, öffnete sie das Fenster. Dann fegte sie die Glasscherben in die Kehrschaufel und wischte das Wasser auf dem Fußboden auf. Wie durch ein Wunder war die halbvolle Ginflasche heil geblieben. Sie hob sie und ihren Morgenmantel vom Boden auf und ging benebelt nach unten.
Um halb zwölf kam ihr Vater nach Haus. Er fand seinen Sohn wach und bittere Krokodilstränen weinend vor. Seine Tochter lag auf dem Sofa, das Haar über dem Gesicht und eine fast leere Ginflasche neben sich auf dem Teppich.
Als er hereinkam, machte sie die Augen auf.
»Was ist denn los, Jan? Kev hat mir erzählt, daß du ...«
Sie rollte vom Sofa herunter und kauerte sich auf dem Boden zusammen. Ihre Stimme kam langsam und etwas lallend. Aber er hörte nicht zu.
»Jan, ganz egal was du übers Leben denkst und darüber, daß deine Mutter nicht hier ist ... Du hast kein Recht, es an dem kleinen Kev auszulassen. Er hat genug zu verkraften.«
»Ach, ja?« Sie schielte vom Teppich zu ihm hinauf.
»Ja, Jan, ich weiß, wie schlimm es für dich ist, aber du mußt dich deiner Verantwortung stellen.«
»Welcher Verantwortung?« Ihre Stimme wurde allmählich klar und deutlich.
»Gegenüber der übrigen Familie. Du kannst nicht immer nur für dich selber leben.«
Die Fersen auf den Boden gepreßt, schnellte sie hoch. Sie stand jetzt, schwankte aber hin und her. Sie schob sich an ihm vorbei zur Tür. Dort stand sie, eine Hand am Türrahmen, mit

der anderen den Morgenmantel fest um sich ziehend. »Soll ich dir sagen, was ich von der übrigen Familie halte? Von der übrigen Familie habe ich die Nase voll. Ich habe sie von dir voll, und ich habe sie von Kev voll. Ich habe die Nase voll von dem Essen, das du ißt, und von deinen schmutzigen Tellern und deiner dreckigen Unterwäsche. Dafür lebe ich, und es ist so herrlich, daß ich meine Prüfungen darüber vergessen und meine ganze Zeit damit verbringen werde.«
Die Worte, die verborgen in ihrem Unterbewußtsein gehaust hatten, kamen in einem wütenden Ausbruch an die Oberfläche. »Vorher habe ich Mutter nicht verstehen können. Ich glaube, zuerst haßte ich sie, aber ich habe nicht gewagt, darüber nachzudenken. Aber nun glaube ich, daß ich weiß, weshalb sie den ganzen Kram hingeschmissen hat. Ich glaube, ich weiß, warum sie davongelaufen ist. Was mich erstaunt, ist nur, daß sie so verdammt lange damit gewartet hat ...«
Sie wollte noch viel mehr sagen, doch seine Hand auf ihrem Gesicht schnitt ihr die Worte ab. Sie spürte keinen Schmerz. Ihre Augen waren auf den Ausdruck des Schreckens in seinen Zügen gerichtet, als er sah, was er getan hatte.
Dann fuhr sie herum und rannte nach oben, wobei ein großes Gefühl der Erleichterung in ihr aufstieg. Sie konnte jetzt weinen. Sie konnte zum ersten Mal weinen, seit sie zwölf war. Und als sie dann sicher in ihrem Zimmer war, in der Dunkelheit quer auf ihrem Bett lag, da fühlte sie die Tränen aus sich herausstürzen und hinunterregnen, und ihre Brust hob sich in tiefem, klagendem Schluchzen.
Nachdem sie sich ausgeweint hatte, schlief sie ein. Sie träumte, daß sie in einem Riesenballon über den Himmel schwebte, der sie schwankend und wogend vorwärtstrug. Er schwoll an und wurde immer größer, bis er sie verschluckte, bis sie der Ballon war und wuchs und wuchs und immer weiter wuchs.

Sie wurde wach, wach im grauen Licht der Dämmerung und warf das Bettzeug zur Seite. Es war gekommen. Ihre Periode war endlich doch gekommen. Sie rannte in die Toilette.
Fünf Minuten später hörte sie die verschlafene Stimme ihres Vaters aus dem Schlafzimmer: »Jan, warum singst du um fünf Uhr früh im Badezimmer?«
Auf Zehenspitzen schlich sie in ihr Zimmer zurück und legte sich ins Bett. Ihre Erleichterung war das wunderbarste Gefühl, das sie je gehabt hatte.
Halbwach auf der Bettdecke liegend, dachte sie verschwommen an das, was sie heute tun wollte. Zunächst mußte sie mit ihrem Vater ins reine kommen. Und dann mußte sie weiter sehen. Sie wollte nicht weiter von einem Tag zum nächsten leben, sie wollte jetzt anfangen zu planen. Langsam fiel sie in Schlaf und träumte von Mutter, die wieder nach Hause zurückgekommen war.

16.

Als Jan wach wurde, war das Bild ihrer Mutter noch frisch in ihrem Gedächtnis. Erst als sie sich aus dem Bett quälte, verblaßte es. Sie ging nach unten und fand das Haus leer vor. Vater und Kev waren schon gegangen. Sie hatte verschlafen und würde zu spät zur Schule kommen. Aber sie war ruhig und hantierte gelassen in der Küche, aß Frühstück und ging dann langsam zur Schule, wo sie gerade rechtzeitig zu ihrer letzten Prüfung eintraf.

Niemand sprach mit ihr, niemand sah sie an. Sie zahlte mit gleicher Münze zurück und genoß ihre eigene Gesellschaft. Mit klarem Kopf beantwortete sie die Fragen schnell und zuversichtlich. Sie machte ihre Sache gut, das wußte sie. Hätte sie alle Prüfungsarbeiten so gemacht, wären ihr Spitzennoten sicher gewesen. Aber das war nun zu spät, und es war nicht mehr zu ändern.

Vor der Mittagszeit schon hatte sie ihre Arbeit abgegeben, und sie konnte nun endlich die Schule verlassen. Sie nahm ein paar Sachen aus dem Fach und stopfte sie in die Tasche. Dann ging sie. Fünf Minuten später befand sie sich auf dem vertrauten Heimweg in der Gorse Lane. Sie sah sich nicht ein einziges Mal um. Doch sie wollte noch nicht nach Hause gehen. Sie hatte einen Plan, eine Idee, die ihr heute früh in den Sinn gekommen war. Sie pfiff vor sich hin und bemerkte plötzlich, daß sie eigentlich ganz gut pfeifen konnte. Eine Amsel in den Gärten sang ihr etwas vor, und sie antwortete ihr mit einem langen Triller. Die Frau, die gebückt in einem Blumenbeet herumstocherte, richtete sich daraufhin auf und fragte: »Warst du das eben?«

»Jawohl, war ich.«
Ohne ihr Tempo zu verlangsamen, marschierte sie bei Cartwright durch das Haupttor. Sie wußte, daß dort im Sommer freitags immer Schulabgänger wegen freier Stellen interviewt wurden. Sie nannten es »interviewen«, aber sie hatte von ihrer Mutter gehört, daß nur Name, Adresse, Prüfungen und was der Vater war notiert wurden. Wenn sie in dem großen, gläsernen Fußballzelt, das bei ihnen »die Produktion« hieß, Platz für einen hatten, dann war man drin und für den Rest seines Lebens mit Muttern und Schrauben beschäftigt. Sie hatte keine Lust, ihr Leben bei Cartwright zu verbringen. Aber bis das nächste Schuljahr begann, wollte sie sich hier etwas Geld verdienen. Wenn sie das dann vorweisen konnte, würde sie mit ihrem Vater auch besser reden können. Was hatte Sandra damals gesagt? »Männer können tun und lassen, was sie wollen, weil sie dafür bezahlen.« Ein Stückchen Wahrheit steckte schon dahinter. In den letzten Monaten hatte sie einiges dazugelernt, das konnte man wohl sagen. Aber da war noch mehr. Trotz des ganzen Geredes, daß sie jetzt im Haus den Platz von Mutter einnahm, wurde sie doch noch wie ein Kind behandelt. Allerdings fühlte sie sich manchmal auch noch wie ein Kind, das mußte sie ehrlich zugeben.
Sie wollte also nun anfangen, sich ihr Leben wenigstens zum Teil selber zu verdienen, und die Schule erst einmal Schule sein lassen. Mit diesem Vorsatz schritt sie durch die Drehtüren von Cartwrights Verwaltungsgebäude. Sie kannte den Weg, den langen Flur entlang bis zum Warteraum vor dem Personalbüro, in dem Mutter gearbeitet hatte. Durch die Glasscheibe in der Tür sah sie einen jungen Mann im hellgrauen Anzug an einem Schreibtisch sitzen und hinter ihm ein paar Mädchen an Schreibmaschinen. Sie sah sich suchend nach einem Stuhl um und blieb dann erstaunt stehen. Der Warteraum war voll. Alle Plätze waren besetzt,

und sie hatten sogar noch eine Ladung Stahlstühle aus der Kantine gebracht. Ungefähr fünfzig Mädchen waren da, und alle musterten sie. Gut die Hälfte kam aus Gorse Lane. Einige kannte sie. Weil sie keinen Stuhl fand, lehnte sie sich an eine freie Stelle an der Wand. Nach einiger Zeit kam eine junge Frau aus dem Büro und notierte Namen, Alter und andere Einzelheiten von ihr. Dann rief sie zwei Mädchen auf, und die drei verschwanden im Büro. Die allgemeine Unterhaltung begann wieder.

Jemand stieß sie an. Sie drehte sich um und sah Tina Ellis ein bißchen weiter unten an der Wand, am Ende der Bank hocken.

»Hallo, setz dich zu mir.«

Sie zögerte, weil eines der Mädchen auf der Bank sagte: »Wir sitzen hier aber nach der Reihe.«

»Hab dich nicht so«, sagte Tina. »Sei so nett und rück ein bißchen zur Seite.«

Widerstrebend rückten die Mädchen zusammen, so daß Jan sich auf das Bankende quetschen konnte.

»Sag mal«, fragte Tina leise, »suchst du etwa auch einen Job?«

»Auf Bier warte ich hier jedenfalls nicht.«

»Ich dachte, du würdest weiter in die Sechste gehen.«

»Ja, schon, aber jetzt brauche ich einen Job.«

»Ich brauche auch dringend einen«, fuhr Tina fort. »Wir sind fünf, und Vater sagt, er kommt nicht mehr aus mit dem, was er verdient; und dabei schuftet er von morgens bis abends.«

Jan warf einen schnellen Blick zu Tina hinüber, weil sie in ihren Bemerkungen eine Anspielung vermutete. Ach was, wir brauchen das Geld auch, dachte sie dann. Tina plapperte weiter.

»Du, ich fürchte, wir verschwenden hier unsere Zeit. Meine Tante wohnt im gleichen Haus wie ein Mädchen aus der Personalabteilung. Die sagt, daß sie nur dreißig offene

Stellen haben. Ich bin heute so schnell wie möglich hergekommen, aber da war das ganze Volk schon da.«
»Warum nehmen sie denn nicht die ersten dreißig und dann Schluß?« fragte Jan.
Tina hob die Schultern und meinte dann: »Ich vermute, die denken, sie können sich jetzt die besten rauspicken, und das nützen sie aus.«
Aha, sagte Jan zu sich selber. Wieso haben wir da nicht drangedacht, liebste Jan. Geh und besorg dir einen Job bei Cartwright, die nehmen jeden Idioten, der sich für die Costa del Sol im nächsten Jahr ein paar Groschen verdienen will. Und weshalb sollten sie da nicht eine Idiotin wie Jan nehmen, die plötzlich entdeckt hat, daß sie Geld braucht?
Sie fummelte aus ihrer Tasche ein Schulbuch heraus und begann zu lesen. Es brachte zwar nichts, vertrieb aber die Zeit. Wenn man nicht gezwungen war, sich das alles einzutrichtern, war einiges sogar ganz interessant. Sie warf einen Seitenblick auf Tina, wie um sich zu entschuldigen, daß sie sich nicht mit ihr unterhielt. Es war komisch. Vor ein paar Wochen hätte ums Verrecken keiner sehen dürfen, daß sie mit Tina Ellis sprach. Aber Tina redete eifrig mit einem Mädchen auf der anderen Seite. Die Zeit verging. Immer mehr Mädchen verschwanden im Personalbüro, und die Menge im Warteraum schrumpfte zusammen.
«Ich bin am Verhungern. Meinst du, daß es was bringt, hier noch länger rumzusitzen?«
Jan merkte, daß sie damit gemeint war. Sie blickte auf. Tina saß noch da. Die anderen waren weg.
»Möglich ist alles.«
Tina verzog das Gesicht und nickte, als ob sie beide gerade gemeinsam etwas beschlossen hätten.
Beide schwiegen sich eine Weile an. Dann: »Tina Ellis!« Es war die junge Frau vom Personalbüro.
»Du, warte aber auf mich«, sagte Tina zu Jan und stand auf.

Jan nickte verwirrt. Ein paar Augenblicke später wurde ihr Name aufgerufen, und sie ging hinein. Auf der einen Seite saß der Mann, den sie schon durch die Glasscheibe gesehen hatte. Er war blond und trug ein ordentliches, gestreiftes Hemd mit einer breiten Krawatte. Über seinen Schreibtisch hinweg unterhielt er sich mit Tina Ellis.
»Janice Whitfield?« Eine gepflegt gekleidete Frau, das schwarze Haar von grauen Strähnen durchzogen, saß rechts an einem zweiten Schreibtisch, der von der Tür aus nicht zu sehen war. Sie hatte sie aufgerufen und zeigte nun auf einen Stuhl. Als sie sprach, drehte der Mann den Kopf und schaute in ihre Richtung, und sie sah, daß er noch jung war, vielleicht acht oder zehn Jahre älter als sie.
»Setzen Sie sich bitte, Janice.« Die Frau lächelte sie an. »Sie wollen wirklich in der Produktion arbeiten?«
Jan zögerte. Die Frau redete weiter.
»Ich hätte doch gedacht, daß jemand, der so gute Noten hat wie Sie, lieber aufs College gehen sollte.«
Die Worte ärgerten Jan, obwohl sie nicht genau sagen konnte, warum. Sie hätte gern scharf darauf geantwortet, das wäre aber dumm gewesen.
Statt dessen sagte sie vorsichtig: »Ich habe eigentlich mehr an einen Ferienjob gedacht, um erst einmal zu etwas Geld zu kommen.«
Leichtes Kopfschütteln. »So wie die Lage im Augenblick ist, können wir die freien Plätze nur mit Leuten besetzen, die bleiben wollen.«
»Ach so, das habe ich nicht gewußt. Ja, dann ...« Sie war schon halb aufgestanden und wollte gehen, da hielt die Frau sie zurück.
»Wenn Sie sich aber für einen Platz im Büro interessieren – und ich meine doch, das würde mehr auf Ihrer Linie liegen – und wenn Sie die Absicht haben zu bleiben dann könnten wir vielleicht etwas für Sie finden.« Schnell fuhr sie

fort: »Sie könnten ja zwischendurch einen Tag oder stundenweise frei bekommen und aufs College gehen.«
Jan zog die Stirn kraus. Darauf war sie nicht gefaßt gewesen.
»Übrigens brauchen wir jemanden im Personalbüro, nicht wahr, Mr. Thompson?«
Jan wurde hellhörig. Sicher war sie sich zwar nicht, aber sie hatte das Gefühl, als hätte der junge Mann der Frau am Schreibtisch einen Wink gegeben. Diese machte ein erstauntes Gesicht, hatte sich aber sofort wieder in der Gewalt und sagte lächelnd zu Jan: »Wenn Sie Interesse haben, lassen Sie es uns wissen, Janice.«
Jan murmelte »ja« und ging schnell in den Warteraum zurück.
Sie brauchten also jemanden in der Personalabteilung – als ob sie das nicht gewußt hätte. Aber warum hatte der junge Mann der Frau einen Wink gegeben?
Der Warteraum war jetzt leer. Die Interviews waren beendet und alle Bewerberinnen zum Mittagessen gegangen. Was sollte sie tun? Heimgehen? Der Gedanke an das leere Haus lockte sie nicht.
Draußen auf dem Fabrikhof war sie überrascht, wie warm die Sonne schien. Jahre schien es her, daß sie an der frischen Luft gewesen war. Vielleicht sollte sie jetzt einen Spaziergang machen.
»Oh, da bist du ja.« Vor ihr bummelte Tina Ellis herum. »Ich dachte, du wärst schon weg. Du bist ja so lange drin gewesen. Was hast du denn die ganze Zeit dort gemacht?« fragte sie.
Jan zuckte mit den Schultern. Sie hatte eigentlich keine Lust, mit Tina oder sonst jemandem darüber zu sprechen. Aber Tina schien das nicht zu bemerken.
»Ich sterbe vor Hunger! Kommst du mit in den ›Red Lion‹? Ich glaube, die andern sind inzwischen alle schon fertig und weg«, sagte sie.
Warum nicht? Jan überquerte neben Tina die Gorse Lane,

und dann bogen sie in eine Seitenstraße in Richtung Kneipe ein. Tina, die vorangegangen war, blieb einen Augenblick in der Schwingtür stehen und nickte dann nach rechts hinüber. Über ihre Schulter hinweg sah Jan in einer Ecke eine Gruppe aus der Sechsten sitzen, darunter auch Pete. Sie ging an Tina vorbei und steuerte auf die entgegengesetzte Ecke zu, wo sie hinter einer Säule einen Platz fand und außer Sicht war. Weil die Mittagszeit eigentlich schon vorbei war, gab es nur noch Käse und Brötchen. Tina aß hastig.

»Ich habe kein Frühstück gehabt. Frühstück machen kann ich nicht ausstehen. Mein Vater will immer seine Eier mit Schinken haben. Von dem Geruch frühmorgens wird mir ganz schlecht. Ich weiß nicht, wie Mutter das so lange ausgehalten hat.«

Sie redete weiter. Jan fürchtete, in ein Gespräch über ihre Familien hineingezogen zu werden. Sie wollte das nicht – aber warum sollte sie eigentlich nicht darüber sprechen? Warum dachte sie denn immer, sie sei anders als andere Leute? Saßen sie denn nicht alle im gleichen Boot? Ihr fiel Tinas Beschuldigung auf dem Schulhof wieder ein – »Snob«. Waren sie Snobs, wenn sie versuchten ›vorwärtszukommen‹? Hatten sie deshalb das lausige, kleine Haus gekauft, machten sie dafür Prüfungen und ›stiegen auf‹, um dann wieder hinuntergestoßen zu werden?

Durch ihre Gedanken hindurch hörte sie Tina sagen: »Zuerst habe ich Mutter gehaßt, und mein Vater tat mir leid. Aber jetzt bin ich mir da nicht mehr so sicher. Das Problem ist, daß da noch unser Gary und die Zwillinge sind. Man muß sich noch um sie kümmern. Wenn die nicht wären, würde ich auch abhauen.«

»Und was würdest du dann tun?«

Tina hörte plötzlich nicht mehr zu. Sie stieß Jan an und deutete mit dem Kopf zur Seite. Pete saß an der Bar. Sie konnte sein Gesicht im Profil sehen. Entweder hatte er sie

nicht bemerkt, oder er wollte sie nicht sehen. Und wenn schon, sagte sie sich. Aber es schmerzte immer noch.
»Angeber«, sagte Tina. Ihr war es egal, ob er sie hörte.
»Was?«
»Das macht er doch mit Absicht. Er hat sich an dieses Ende der Bar gesetzt, damit du ihn gut im Blickfeld hast.«
»Ach was«, sagte Jan. Tina zog die Nase hoch. »Das sind doch alles Angeber, oder? Glauben die Erfüllung eines Mädchentraums zu sein.«
Jan mußte unwillkürlich lächeln. Jetzt, wo sie über ›sie‹ sprachen, befand sie sich auf sicherem Boden. Tina versuchte, mit aufmunternden Worten Jans Selbstwertgefühl zu stärken. Brauchte sie das eigentlich? fragte sich Jan. Ja, es tat ihr gut. Der Schmerz war noch da. Nur ihr Stolz war stärker. Seinetwegen beging sie jede Menge Dummheiten, aber sie konnte sich auf ihn verlassen.
»Die sind doch alle gleich. Lieben dich und verlassen dich, wie meine Tante sagt. Möchtest du noch was essen, Jan? Ich hol uns was.«
»Nur ein Tonic.«
»Gewicht halten? Deine Figur möchte ich haben, Jan. Ich brauche die guten Sachen nur anzuschauen, dann werde ich schon dick.«
Tina setzte sich wieder. Pete war in seine Ecke zurückgekehrt. »Stell dir vor, bei uns in der Straße wohnt ein Mädchen, die hatte etwas mit dem Versicherungsmann«, erzählte sie und stieß Jan dabei in die Seite. »Jetzt brütet sie, und er läßt nichts mehr von sich hören. Hat ihren Prämienanspruch für unfallfreies Fahren verspielt.« Sie kicherte. Jan hörte nun aufmerksam zu. »Weißt du, was die dumme Gans getan hat?«
Jan schüttelte den Kopf.
»Sie hat sich eine Flasche Gin gekauft und sich ein heißes Bad einlaufen lassen. Aber weil sie nicht so recht wußte, was sie

wollte, hat sie erst den ganzen Gin getrunken, und als sie dann hinterher baden wollte, ist sie hingefallen und hat sich den Kopf aufgeschlagen. Sie haben sie ins Unfallkrankenhaus bringen müssen. Sachen machen die Leute!«
»Sie ist wohl sehr verzweifelt gewesen«, sagte Jan.
»Verzweifelt? Wie verzweifelt müßte ich sein, um so einen Blödsinn zu machen! Ein Ginbad, so ein Quatsch. Unsere Großmütter haben da mal dran geglaubt. Lieber vorsichtig als nachsichtig, sage ich mir immer. Warum ist sie denn nicht ins nächste Krankenhaus gegangen? Und überhaupt, warum ist unsere Mutter dort nicht hingegangen, anstatt uns alle vier zu kriegen?« Kopfschüttelnd schwieg sie einen Augenblick. »Andererseits säße ich vielleicht nicht hier, wenn sie das getan hätte. Das muß man auch bedenken.«
Sie stieß Jan wieder an. »Da drüben scheint der Jahrgang gewechselt zu haben. Der ältere Mann da ist schon eher mein Typ.«
Jan sah hinüber. An der Theke saß der junge Mann im grauen Anzug aus Cartwrights Personalbüro.
»Der hat mich interviewt, weißt du. Gesagt, er wüßte nicht genau, ob er mich nehmen könnte. Fast hätte ich gesagt, ich würde ihn jederzeit nehmen.«
Jan hörte kaum, was Tina so daherredete. Ihr ging etwas anderes durch den Kopf. Der junge Mann sprach mit dem Wirt. Seine Stimme und sein ungewöhnlicher Akzent für diese Gegend, vielleicht irgendwo aus dem Süden, erregten ihre Aufmerksamkeit, rührten an eine Erinnerung, eine schmerzliche Erinnerung.
Es war seine Stimme gewesen, die sie an jenem Montag am Telefon gehört hatte. Und er hatte damals gezögert, ehe er sagte, daß Mutter nicht zum Dienst gekommen war – so als hätte er irgend etwas zu verbergen.
»Ich vermute, du hast jetzt erst mal die Nase voll von Jungen.« Tina redete immer noch. Jan zeigte mit einem

Lächeln, daß sie zuhörte, aber ihre Gedanken waren ganz woanders. Dieser Mr. Thompson hatte sie im Büro wiedererkannt. Er wußte, daß es ihre Mutter war, die im Personalbüro gearbeitet hatte. Aber die Frau, die sich mit ihr unterhalten hatte, hatte es nicht gewußt. Deshalb hatte er ihr mit einem Wink zu verstehen gegeben, nicht länger von einem Posten im Personalbüro zu reden. Er wollte Jan nicht in Verlegenheit bringen. Das war nett von ihm. Oder vielleicht wollte er auch einfach keine zweite Whitfield, keine unzuverlässige Whitfield in seinem Büro. Nein, da steckte mehr dahinter, dachte sie. Dieser junge Mann wußte etwas über Mutter. Sie fühlte, wie plötzlich eine starke Erregung sie überkam.

17.

Tina stand auf und knipste ihre Handtasche zu. »Jan, für mich wird es Zeit. Ich muß die Zwillinge heute früher von der Betreuerin abholen. Sehen wir uns demnächst?«
»Machen wir, Tina. Hoffentlich kriegst du einen Job.«
»Danke dir, und du auch.«
Jan sah ihr nach, wie sie durch die Schwingtür neben der Theke nach draußen ging. Das Leben war komisch. Hier gluckte sie zusammen mit Tina Ellis, dem letzten Menschen aus der ganzen Schule. Aber, überlegte sie, hatte sie mit ihr nicht mehr gemeinsam als mit vielen anderen? Nicht gerade Vorlieben und Abneigungen, sondern reale Dinge. Es hatte sich in den letzten Monaten soviel geändert. Und sie, Jan, hatte sich auch geändert.
Und nun war sie im Begriff, etwas zu tun, was ihr früher nicht im Traum eingefallen wäre. Sie stand auf, ging um die Theke herum bis ans andere Ende des Lokals zu dem Tisch, wo der junge Mann von Cartwright saß. Er war allein, sein Glas war fast leer. Als sie vor seinem Tisch stand, blickte er überrascht auf.
»Kann ich Sie einen Augenblick sprechen, Mr. Thompson?«
Er zog die Stirn kraus. »Wenn es wegen eines Arbeitsplatzes ist, dann kommen Sie besser zu uns ins Büro.«
»Nein, es ist nicht wegen ... Es ist mehr etwas – Persönliches.«
Er sah sich schnell um. Das Lokal war jetzt fast leer. Sogar Pete und seine Freunde waren gegangen. Und sie hatte es nicht einmal gemerkt.
»Nehmen Sie Platz«, sagte er, immer noch verwirrt.

Sie setzte sich und packte mit beiden Händen die Tischkante, als suchte sie einen Halt. »Ich bin Janice Whitfield. Meine Mutter ...«
Er nickte. »Ich weiß. Ich habe Sie erkannt.«
»Was haben Sie?« Jans Hand war zu langsam, um die heraussprudelnden Worte zurückzudrängen.
»Ihre Mutter hatte auf dem Schreibtisch immer ein Bild von Ihrem Vater und von Ihnen und Ihrem kleinen Bruder. Wie hieß er noch ...«
»Kevin.«
»Ja, natürlich.« Er lehnte sich vor und sagte ruhig: »Es tut mir leid, was da beim Interview passiert ist. Miss Hardwick ist neu im Personalbüro. Sie wußte nichts von ... Ich versuchte, ihr begreiflich zu machen ...«
»Was meinen Sie?«
»Nun, ich dachte, es könnte Ihnen unangenehm sein, wenn sie davon spricht ... ich meine, es ist, als ob man Ihnen den Platz Ihrer Mutter anbietet, den sie ...« Er zögerte.
»Den meine Mutter im Stich gelassen hat, meinen Sie wohl.«
»Es war nicht ... ich meine, sie hat nicht ... Also, wir haben die freie Stelle noch nicht wieder besetzt.« Er schaute sich wieder um. »Hören Sie, Miss Whitfield, können Sie es für sich behalten, wenn ich Ihnen etwas sage?«
»Also, Mr. Thompson, das soll jetzt kein Witz sein, aber bei Geheimnissen schweigt unsere Familie wie ein Grab. Das ist etwas, was wir können.«
Er biß sich bei dem bitteren Ton ihrer Stimme auf die Lippen. »Wir vermissen Ihre Mutter im Büro. Sie war – jemand Besonderes.«
Er machte eine Pause, trank sein Glas aus und stellte es zurück. Dann begann er wieder, so schnell, als sei dies etwas, was er schon lange hatte jemandem erzählen wollen.
»Ich hatte gerade die Abteilung übernommen, als sie aus der Produktion ins Büro überwechselte. Alles sollte umorgani-

siert werden. Sie war eigentlich für leichte Büroarbeiten vorgesehen, aber dann hat sie alles in Ordnung gebracht – Ablage, Termine, Register, alles und jedes. Sie war ein Naturtalent, wissen Sie. Ich meine, die meisten Frauen sind ordentlich und wissen, wo die Dinge hingehören, aber sie hatte den großen Überblick. Sie arbeitete, als würde sie das Büro leiten. Wirklich, sie war ein Goldstück.« Er sprach voller Stolz, wie ein kleiner Junge. »Ich war es, der ihr vorgeschlagen hat, in die Abendschule zu gehen und noch ein paar Prüfungen zu machen. Sie machte hier die Arbeit einer Büroleiterin für ein etwas besseres Stenotypistinnengehalt. Zuerst wollte sie nicht recht. Frauen müssen immer angestoßen werden. Und ich hatte auch das Gefühl, daß es zu Hause Schwierigkeiten gab.«

Er holte tief Atem und sah Jan aufmerksam an. Vor Angst, er könnte aufhören zu reden, sagte sie nichts. Aber er fuhr schon etwas unbeholfen fort: »Wir waren Freunde. Ich weiß, daß das blöd klingt, aber es war so. Ich habe viel von V – Ihrer Mutter gehalten. Sie war gescheit. Ich meine, sie hat an sich gearbeitet. Und sie quasselte nicht die ganze Zeit wie viele andere Frauen. Was sie sagte, hatte Hand und Fuß. Sie hat auch viel über Sie gesprochen. Sie war stolz auf Sie. Und sie war davon überzeugt, daß Sie aufs College gehen würden. Sie war auch stolz auf Ihren Vater. Sie bewunderte an ihm, daß er bereit war, eine Einbuße am Verdienst hinzunehmen, um wieder zurück auf die Schule zu gehen ...«

Er machte wieder eine Pause, so als hätte er Angst, zuviel zu sagen.

Das Schweigen machte sie beide verlegen. Jan fiel auf, daß ihre Fingerknöchel vom Festklammern an der Tischkante ganz weiß waren. Sie lockerte den Griff und rieb die Finger aneinander.

»Mr. Thompson, da ist etwas, was ich Sie wegen meiner Mutter noch fragen möchte. Wie sie weggegangen ist ...«

Er zog die Stirn hoch, als hätte er Angst vor dem, was sie fragen könnte.

»Ich hab mit Ihnen am Telefon gesprochen. Damals am ersten Abend.«

Er nickte.

»Sie sagten, sie sei nicht zur Arbeit gekommen. Das stimmte doch nicht, oder?«

»Doch«, bekräftigte er, sah sie dabei aber nicht an. »Verdammt«, sagte er dann. »Sehen Sie, Jan, es stimmt und stimmt auch wieder nicht. Ihre Mutter ist an jenem Tag nicht ins Büro gekommen, aber ich hab sie getroffen.«

»Sie haben Sie getroffen?«

Er blickte sich unruhig um. Doch es saß niemand in der Nähe, der sie hätte hören können.

»Ich mußte ihr versprechen, alles für mich zu behalten. Da war etwas, was sie mir nicht sagen konnte. Schon seit Wochen war irgend etwas mit ihr los. Ihre Arbeit litt, aber sie bekam es nicht in den Griff. Sie versuchte, sich zu beherrschen, und sie wollte darüber nicht sprechen. Ich hatte das Gefühl, daß es niemanden gab, mit dem sie hätte reden können. Wenn Miss Hardwick damals schon bei uns gearbeitet hätte, wäre es vielleicht einfacher gewesen. Aber mit dem alten Foxleigh konnte man über nichts reden. Die Mädchen im Personalbüro waren zu jung. Und ich, ja, wir sprachen eigentlich immer über eine Menge Dinge. Ich hätte auch alles getan, um ihr zu helfen, aber da war etwas, über das sie mit niemandem reden konnte.«

»Mit niemandem?«

Er zuckte die Schultern.

»Tut mir leid, Jan. Mit solchen Sachen kenne ich mich nicht aus. Im Personalbüro haben wir es zwar mit allen möglichen Problemen zu tun, aber so nah bin ich bisher noch mit keinem in Berührung gekommen. Ihre Mutter hatte einfach das Gefühl, daß sie gehen mußte. Warum und wohin, das weiß ich nicht. Sie bat mich, ihr zu helfen. Ich habe mir eine halbe Stunde frei genommen, was aber niemand wußte. Sie hatte mich gefragt, ob ich sie zum Bahnhof fahren könnte.«

Der junge Mann!

»Dann waren Sie es also«, flüsterte sie.

Er guckte erstaunt.

»Der Mann vom Auskunftsbüro hatte meinem Vater erzählt, daß Mutter auf dem Bahnhof mit einem jungen Mann gesehen worden war. Wir dachten ...«

»Sie dachten ... nein, das bin ich gewesen. Ich habe ihr nur ein bißchen geholfen. Ich konnte doch nicht nein sagen, oder?«

»Wohin ist sie gefahren, Mr. Thompson? Und mit welchem Zug?«

»Ich weiß es wirklich nicht. Sie hat sich am Eingang von mir verabschiedet. Ich habe nicht einmal gesehen, auf welchen Bahnsteig sie gegangen ist. Sie sagte nur ›Vielen Dank‹, gab mir die Hand, nahm ihren Koffer und ging.«

Er strich über die Aufschläge seines Jacketts. »Ich konnte ja nicht wissen ...«

»Mr. Thompson«, sagte Jan, »sie hat kein Wort gesagt ... ist einfach davongegangen ... und wir haben gedacht ...«

Er schüttelte den Kopf, heftig und mit traurigen Augen. »Nein, so war es nicht. Ich habe ihr nur geholfen. Sie war – eine gute Freundin. Dieser Mann aus dem Auskunftsbüro war auch bei uns im Büro. Hat überall herumgeschnüffelt. Aber ich konnte ihm nichts sagen. Sie hatte ihren Schreibtisch ausgeräumt. Alles Persönliche war weg. Das Bild von der Familie, von dem ich Ihnen vorhin erzählt habe, hat sie an dem Freitag vorher eingewickelt, in ihre Tasche gesteckt und mitgenommen. Daran erinnere ich mich ganz deutlich.«

Jan stand so ungeschickt auf, daß der Stuhl hinter ihr umkippte. Ihre Augen füllten sich mit Tränen.

»Ist alles in Ordnung?« fragte der junge Mann, der auch aufgestanden war.
Sie wandte sich zur Tür. Er folgte ihr. Draußen in der Nachmittagssonne fummelte sie in ihrer Tasche nach einem Taschentuch und wischte die Tränen ab. Sie biß sich auf die Lippen und schluckte. Er stand hinter ihr und fragte noch einmal, ob auch alles in Ordnung wäre.
»Ja, danke«, antwortete sie, konnte ihn dabei aber nicht ansehen.
Er trat näher an sie heran. »Es tut mir leid. Ich wollte Sie nicht aufregen.«
»Es ist nicht Ihre Schuld, Mr. Thompson«, sagte sie und konnte ihn nun wieder anblicken. »Es ist nicht Ihre Schuld. Es ist nur ...«
»Nur was?« fragte er verblüfft.
»Es ist nur – ich hatte mir die Dinge irgendwie zurechtgelegt. Und nun ist alles anders.«
»Anders?« Er berührte sie am Ellbogen. Sie gingen die Straße entlang in Richtung Cartwright.
»Ich kann es nicht erklären. Es ist eben anders.«
»Schlimmer?«
Sie schüttelte den Kopf.
»Nein, nein, schlimmer ist es nicht. Es ist nur ... Ich muß wieder neu anfangen.«
»Entschuldigen Sie, das verstehe ich nicht.«
»Ich verstehe es ja selber nicht.«
Sie standen jetzt an der Ecke vor dem Fabriktor.
»Vielen Dank, daß Sie mit mir gesprochen haben«, sagte sie.
»Es war mir eine sehr große Hilfe.«
»Hilfe?«
»Ja, wirklich.«
»Ich wünschte, es wäre so.« Er hielt ihr die Hand hin. »Wenn Sie tatsächlich bei Cartwright arbeiten wollen, werde ich mein Bestes tun, etwas Passendes für Sie zu finden.«

»Vielen Dank.« Sie zog ihre Hand zurück.
»Melden Sie sich doch mal«, sagte er. »Sie haben ja meine Nummer.«
Sie nickte. Als er sich zum Gehen wandte, sagte er fast wie gegen seinen Willen: »Ich hätte nicht erwartet ...«
»Was nicht erwartet?«
»Daß Sie Ihrer Mutter so ähnlich sind.« Damit verschwand er hinter dem Tor, und sie stand allein in der Nachmittagssonne.

18.

Langsam, mit gesenktem Kopf, ging sie weiter, ohne darauf zu achten, wohin. Sie überdachte noch einmal jedes Wort ihres Gesprächs. Als sie einen Zug unter ihren Füßen fahren hörte, wußte sie, daß sie die Eisenbahnbrücke überquert hatte und nun den gleichen Weg ging wie an dem Tag, als sie Sharon geschlagen hatte und aus der Schule gerannt war. Sie war damals in die Gegend zurückgelaufen, in der sie früher gewohnt hatten, und zu ihrem alten Spielplatz. Sie hatte versucht, in die Vergangenheit zurückzuschlüpfen, wo Mutter immer alles in Ordnung gebracht hatte.
Aber wer konnte die Dinge ihrer Mutter wieder in Ordnung bringen, als sie davongelaufen war? Es gab niemanden, mit dem sie sprechen konnte, nicht den Mann und nicht einmal ihre eigenen Eltern. Mutter war doch eine freiwillige Waise. Und auch Großvater Warby konnte ihr nicht helfen, weil Großmutter die Mutter nicht mochte. Ihr wurde auf einmal klar, daß Großmutter Warby auf Mutter eifersüchtig war. Sie dachte nur immer an Vater, an ihren Sohn.
Mutter war die ganze Zeit auf sich selber angewiesen gewesen, und das hatte Jan nicht erkannt. Die kluge Jan, die soviel wußte, aber nicht einmal gemerkt hatte, wie unglücklich ihre Mutter war.
Beim Spielplatz blieb sie stehen und setzte sich dann auf eine Bank. Frauen mit kleinen Kindern und Kinderkarren saßen im Sonnenschein, halfen den Kleinen in die Schaukeln und aus den Schaukeln, auf die Rutschbahn und von der Rutschbahn, sammelten sie auf, streichelten sie, putzten die Nasen und küßten den Schmerz weg. So ging es Tag für Tag. Aber

wer sammelt dich auf und wer streichelt dich, wenn du eigene Kinder hast?
Im Licht der Nachmittagssonne schob sich klar und grell das Bild der Gorse Lane in ihr Bewußtsein, das ganze Stadtviertel, die Brücke, Cartwright, die Grundschule, die Hauptschule, das Altersheim. Sie sah die Frauen, wie sie jeden Tag die Straße hinauf- und hinuntergingen und mit ihnen die Kinder, erst in der Kinderkarre, dann an der Hand und schließlich allein: Schule, Cartwright, Haus, immer weiter, wie die Filme im Schulunterricht, die immer wieder von vorn anfingen, rundherum und immer weiter.
Sie gab sich einen Ruck, um von dem Gedanken loszukommen, sprang auf die Beine und verließ den Spielplatz in Richtung Einkaufszentrum. Reiß dich los, lauf weg, sei frei! Aber was sollte sie, Jan, denn nun tun? Da waren Vater und Kevin. Vater war mit sich selber beschäftigt, legte Prüfungen ab, versuchte, es zu etwas zu bringen. Aber alles drehte sich nur um ihn. Er war noch immer Großmutters Prachtjunge, der alles richtig machte. Versorge ihn gut, Jan, und den kleinen Kev natürlich auch.
Es mußte noch einen anderen Weg geben. Aber wohin sollte er führen? Sie konnte die Dinge nicht einfach so hinnehmen. Dafür war sie nicht geschaffen. Sie blieb stehen. Sie war jetzt im Einkaufszentrum, in der Nähe des Spirituosengeschäfts, wo sie an jenem Tag, vor vielen Jahren, die Flasche Gin gekauft hatte und nach Hause gelaufen war. Und dabei war es erst gestern gewesen. Dann der Krach mit Vater. Seitdem hatte sie noch nicht wieder mit ihm gesprochen.
So viel war in der kurzen Zeit passiert. Die Prüfung lag hinter ihr. Man hatte ihr einen Job angeboten. Sie mußte ihre Wahl treffen. Sie war Mr. Thompson begegnet. Und er hatte ihr von Mutter erzählt, von ihrer davongelaufenen Mutter. Der Mutter, die das Familienphoto in ein Tempotaschentuch gewickelt und an einem sicheren Ort verwahrt hatte, um

dann den nächsten Zug nach irgendwohin zu nehmen. Ohne auch nur jemandem ein Wort zu sagen.
Sie stand jetzt vor Donatellis kleinem Café. Die Jalousien waren heruntergelassen. Heute war wohl Ruhetag. Der Aushang und das Bild von Mrs. Donatelli klebten nicht mehr am Fenster. Was war geschehen? War sie zurückgekommen? Oder hatte er aufgegeben? Ihm war es egal gewesen, was die Welt dachte. Er versteckte sich nicht und schlich nicht auf Zehenspitzen umher, damit die Leute nichts merkten. Er wollte seine Frau wiederhaben und nichts weiter.
Und worum ging es Vater? Oder Kev? Oder ihr? Um das, was mit ihnen geschah, oder um Mutter? Und welche Wahl hatte Mutter gehabt?
Jan machte kehrt und ging den Weg wieder zurück, den sie gekommen war. Sie war sich jetzt darüber klar, was sie tun wollte, hatte ihre Entscheidung über Arbeit, Geldverdienen und Schule getroffen. Sie ging nach Hause, um mit Vater zu sprechen, um über diese ganzen Dinge zu sprechen, vor allem aber über Mutter. Das Schweigen mußte aufhören.
Was mit Mutter geschehen war, darauf kam es an. Denn davon hing ab, was nun mit Jan geschehen würde.

Gullivers Taschenbücher bei Beltz & Gelberg

Rafik Schami
701 EINE HAND VOLLER STERNE
Roman. 200 Seiten (78701)
Zürcher Kinderbuchpreis »La vache qui lit« und andere Auszeichnungen

Mirjam Pressler
702 ZEIT AM STIEL
Roman
168 Seiten (78702)

Hannu Aho
703 DAS FERNE GRÜNE MEER
Roman. Aus dem Finnischen von Anu Pyykönen und Friedbert Stohner
192 Seiten (78703)

Robert Leeson
704 ES IST MEIN LEBEN!
Roman. Aus dem Englischen von Lieselott Baustian
136 Seiten (78704)

Oliver La Farge
705 INDIANISCHE LIEBESGESCHICHTE
Roman. Aus dem Amerikanischen von Lulu von Strauß und Torney
Überarbeitet von Irmela Brender
244 Seiten (78705)
Pulitzer-Preis

Christine Nöstlinger
706 ANDREAS ODER DIE UNTEREN SIEBEN ACHTEL DES EISBERGS
Roman. 208 Seiten (78706)

Wolfgang Gabel
707 FIX UND FERTIG
Roman. 208 Seiten (78707)

Liva Willems
708 MANCHMAL BIN ICH EIN JAGUAR
Pedros Geschichte.
Aus dem Niederländischen von Mirjam Pressler
120 Seiten (78708)
In Belgien ausgezeichnet als »Bestes flämisches Jugendbuch«

Beltz & Gelberg
Beltz Verlag,
Postfach 100154,
6940 Weinheim

Bücher von Christine Nöstlinger

Maikäfer, flieg!
Mein Vater, das Kriegsende, Cohn und ich
Roman. 176 Seiten, Pappband (80536)
Im zerbombten Nachkriegs-Wien erlebt ein neunjähriges Mädchen Freundschaft mit dem russischen Soldatenkoch Cohn.
Buxtehuder Bulle

Zwei Wochen im Mai
Mein Vater, der Rudi, der Hansi und ich
Roman. 208 Seiten, Pappband (80581)
Gulliver-Taschenbuch (78032)
Die Fortsetzung von Maikäfer, flieg!, in der die Christel mit zwölf Jahren den Frieden kennenlernt.

Oh, du Hölle!
Julias Tagebuch
Mit Zeichnungen von Christina Nöstlinger
200 Seiten, Pappband (80165)
Ein Tagebuch höchster Wahrheiten! Die 14jährige Julia hat sie notiert und hat dabei nichts ausgelassen: nicht den Zirkus mit den Eltern und nicht die Schule, vor allem aber nicht die Gefühle für Stefan.

Pfui Spinne!
Roman. 148 Seiten, Broschur (80627)
Um Mütter geht es, um Väter und um eine Ferienreise. Vor allem aber geht es um die Liebe zwischen Hasi und Christine.

Stundenplan
Roman. 136 Seiten, Broschur (80604)
Hier wird die Welt der 14jährigen geschildert, wie sie wirklich ist: der tägliche Kram, die Probleme mit den Erwachsenen, Schule, Klatsch, Liebe, Eifersucht ...

Beltz & Gelberg
Beltz Verlag, Postfach 100154, 6940 Weinheim

Mädchen und Frauen

Dagmar Chidolue
Lady Punk
Roman. 176 Seiten, Broschur (80658)
Terry ist fünfzehn, sieht aber aus wie siebzehndreiviertel. Sie ist ein Biest und ganz schön verrückt, crazy. Lady Punk. In diesem Sommer will sie wissen, was es mit der Liebe auf sich hat. Aber alles kommt ganz anders als gedacht.
Deutscher Jugendliteraturpreis

Karel Eykman
Liebeskummer
Aus dem Niederländischen von Mirjam Pressler
60 Seiten, Broschur (80662)
Monika erlebt zum ersten Mal, was Liebeskummer ist. Wie sie diesen Schmerz zu überwinden versucht, wird witzig und doch einfühlsam erzählt.
Holländischer Jugendbuchpreis »Goldener Griffel«

Hadley Irwin
Liebste Abby!
Erzählung. Aus dem Amerikanischen von Fred Schmitz
148 Seiten, Broschur (80667)
Abby ist anders als die anderen Mädchen, findet Clip. Deshalb hat er sich auch in sie verliebt. Daß ein schreckliches Geheimnis hinter ihrem Anderssein steckt und Abby dringend Hilfe braucht, erfährt er erst viel später. Ein ehrliches, hilfreiches Buch zum Thema des sexuellen Mißbrauchs und gleichzeitig eine zärtliche, bewegende Liebesgeschichte.
Auswahlliste Deutscher Jugendliteraturpreis

Mirjam Pressler
Bitterschokolade
Roman. 124 Seiten, Gulliver-Taschenbuch (78004)
Eva ist dick und davon überzeugt, daß alle über sie lachen. Es ist ein langer Weg, bis sie begreift: Dicksein ist eine Eigenschaft wie viele andere auch.
Oldenburger Jugendbuchpreis